四十年荏苒
寫給自己的情書

20/60 倆相看

穿越 40 年的對話

方翠嫻 著

20/60俩相看

自序・開倉

這本書是以散文文體重組的個人小故事。
是年輕人的故事,也對應著年長了的生活體會。

60 歲現在的我,直面 20 歲時懵懂的我當年對生活和人生的一些詰問,讓 60 歲的自己與 20 歲的自己,通過文字的時光隧道再相遇、相視、相知。希望那年青的我有所感知,她當年所思所想、所作所為的因,讓四十年後現在的我活出了怎樣的果;也讓經驗了半世紀人生歷練的我,在一個距離重溫並理解年青時的自己。容或如此,使我會得換位思考,對當前新一代年輕人有更寬大的共情共感。

顧名思義,當我構思以陳年日記為框架作為寫作的開端時,我真的是要擔把高梯,攀上家中的櫃頂倉,打開那記憶的盒子,把三十多年來未再揭開過的塵封日記本拿下來,重新一頁頁的檢閱,重拾遺忘了的人事轉折。在審視的過程中,腦海隱隱現現的浮起當年感受當年情,讀到某些章節,竟讓已經老練的我仍然情不自禁地落淚。我相信,無論時代如何變遷,信念與價值觀如何變改,代代更替的年輕人仍然面對亙古長存的成長困惑,仍然要奮力掙扎蛻變,希望一朝成為漂亮的蝴蝶,自在飛翔。

「20 歲的我」的部分，全是擷取自當年十九歲至二十四歲的我於五年間所寫的生活日記，大部分的內容情節，是在就讀的大學與所宿的太古堂發生的，都是第一身第一時間的人事與感受，並非憑回憶而作。因是日記，下筆即就，文筆樸拙沒有怎麼的修飾，為著保留當時那最真實的情感，摘取的部分基本上沒作什麼潤飾，只更正了些錯別字、或矯正了不通順的文句，矜貴處在其真情實意，毫無掩飾，亦因此在段落選取與編撰的過程中，往往有許多的猶豫忐忑，畢竟，當年的日記，包含了幾許少女的秘密心事，會否過於袒露了，讓幾十年後的自己感到尷尬？

「60 歲的我」的章節，是根據「20 歲的我」所定格的主題延展開來，以人生歷練過後的智慧借題發揮，娓娓回應，是今天的我一字一句的、一篇一篇的感受迴響，反映出兩個世代的自己，是如何的走過來。就以起首篇〈初老的浪漫〉一文為例，嘗以對應自己二十歲時記錄下來的〈少女情懷〉，當中是個人四十年來的思維成長變化；另外某些篇章，如借〈鄉情〉發展成〈此心安處〉，除了闡述個人在特定時代中生活模式的轉變，也側影了一些我輩在上世紀八、九十年代後，香港社會價值觀的變遷。

這不是自傳，也不是回憶錄。打開心窗，這是兩個年代的我相互的感知對話。信若有緣，翻閱此書的你，可能正處雙十年華，在尋找造夢的材料；又或者，你已臨知命耳順之年，在聊找歲月消遣；無論如何⋯⋯

少年 15、20 的你，會在那些青蔥歲月的篇章中見到自己的身影嗎？可有憧憬，你將來會遇上怎樣一個 60 歲的自己？

中年 50、60 的你，會在當中尋到一些往日回憶的線索嗎？對比你我現下的生活狀態，你又活得如何？想與 20 歲的自己說些什麼？

賜序

有一種幸福，叫「生命回顧」

認識 Priscilla 始於金齡薈的義務工作，她提早退休後開始加入「真人圖書館」成為「真人書」，向中學生介紹自己過去的職業和工作價值，並聆聽年輕人的心聲。及後，她又為信義會社會服務部提供義務顧問服務，為發掘社工專業人才制作框架及培訓，我見證著她的嚴謹認真，準備功夫一絲不苟。不但如此，她更曾為我草擬的計劃書提供寶貴意見，在電話中足本指導竟一小時之久！那份認真、熱誠、無私奉獻的精神，怎能不銘記於心？！

今天再看她的少女日記，終於明白，原來 Priscilla 的個性氣質，早於年少萌芽。她喜歡與年青人同行，也珍愛年少的自己。她工作態度認真專業，猶如兒時父親對她書法的要求。她早年雖離開教席，但職涯卻從未停止培訓造就人才！原來這一切都有跡可尋。

閱讀《20/60 倆相看 – 穿越 40 年的對話》，最令人震撼的是她在〈詰問人生〉中的「盲約」日記。嘩！二十出頭的女孩，竟敢約定那不可預見的生命，超時空「未來見」？

真大膽！是多麼神奇的「自我實現預言」（self-fulfilling prophecy）啊！那份志氣、毅力、自我約制、堅持、對生命的熱愛熱情……使之能夢想成真！世代對話猶如回音谷：

「喂！未來的我，可好嗎？」

「啊！多謝你以前開路呀！我在這裏，風景靚呀！」

閱讀 20 歲方翠嫻的日記恍如看鏡子，映照自己的青蔥歲月，誰不曾為情困惱，不曾埋首學業，不在人際關係中找尋自己的角色定型……？誠實的、無偽的、純淨的、可憐愛的、可佩服的。其中〈明明德〉中她誠實地揭示自己的「貪念」，反思自身的道德價值，確定光明磊落的人生，實在拜服她剖白自省的勇氣。

走過四十年，閱讀 60 歲的 Priscilla，你會發現陽光女孩搖身變成從容自若自信滿滿的花甲（她的自嘲）！目標清晰、持之以恆，各篇章中見她整理自己，那份積極、律己、向前闖的個性並沒改變，而且對「愛」有更深層次的體會，情感更豐盈，智慧也更累積。她在〈抱抱〉一文述說與父親晚年的相交，又在〈愛永不止息〉一文中向丈夫表達的情意，這一切都深深打動我。

這是剖心摯誠的分享，願你能分嘗那份「已過萬重山」的喜悅，與你內心的小孩、或逐漸年長成熟的你，一起回顧、經歷，你將會發現生命的豐盛，找到新而更新的自我，活在永恆不息的愛裏。

Heidi 彭慧心
服務總監（長者）
基督教香港信義會 社會服務部

前言：日記背後

作者成長於新界屯門鄉郊的草根家庭，是家中六兄弟姊妹中的大家姐，父母胼手胝足，作者一直以政府獎助學金晉升學業。1980 年 9 月，時年十九歲，考進了香港大學社會科學系，修讀經濟、工商管理及心理學。屯門到般咸道，當年水涉山隔，上學路迢迢，大學三年都住進了當時新建成的學生宿舍太古堂，自幼家貧的小女孩，一躍而就到了夢想的天堂。

人生第一次離家生活，簇新的大學宿舍成為了第二個家，也成為了年輕人夢寐以求的讀書成長小宇宙。住進宿舍未幾，就旋風式遇上了少女第一遭羅曼史，短暫、傷痛、開竅，也引發出幾許傷春悲秋的情懷，再加上往後幾起的追逐，欲迎還拒，〈少女情懷〉、〈詰問人生〉，甚至是大學人徵文的《三個結》，就是這樣的記錄下來。

到大學一年級暑假，參與了舍堂迎新籌委會的工作，開始較外向型的學生領袖生活；大學二年級時肩負起九樓女生宿舍的樓主職責，是年帶領九樓在太古節的活動比賽中奪魁；旋踵就當選第二屆宿生幹事會內務副主席，任期至大學三年級第一學期終為止。其中因活躍於舍堂會務，與宿

生會的新舊幹事同儕混得稔熟，互相友愛扶持，友誼延展至今，〈人際關係〉、〈友情〉及〈進學〉篇內的「反思、再出發」等篇章就是當時的記憶；同時，亦因此與真命天子結緣，1986 年結縭至今三十八載，與子執手偕老。

1983 年大學畢業後，返回中學母校當經濟科任老師，《十載耕耘》得獎作品即記此事；五年後轉戰商界，專注於企業人才發展事業，來龍去脈詳見〈而立〉篇內，至 2016 年以五十五歲之齡提早退休，把握人生餘韻享受〈初老的浪漫〉。

年輕人如何在人生、學業、感情、友情、事業各方面掙扎努力為自己開闢道路，幾年的日記就此記住了。

合抱之木　生於毫末
九層之臺　起於累土
千里之行　始於足下

老子《道德經》

1 少女情懷

81 年 7 月 8 日 追憶

誰知道，一個如此冷峻的女孩，是這麼的多愁善感！
又是下雨天，我想重拾以往的詩意，當然也要拋卻當時的
苦惱與哀愁。

長影躑躅、孤燈護照；暗數星辰、幽幽訴月；又或者浪笑
街頭、捉狹游走於宿舍房裏、休息間——一切一切，便是
這一年裏的回憶。一個含苞待放的大學女生，是小說中的
人物？是現實的生活故事！可幸我還有兩年如此的光陰，
將要好好珍惜。

挑燈夜讀、趕課堂、泡圖書館，加上聲聲的幽怨，組合了
笑與淚，交付出可貴的一載青春，應該沒有白費了吧！只
要不再抽起煩亂的心絮，不再讓我沉迷頹喪，對那段霧水
情緣，或許不必要刻意去忘懷。想深一層，這段戀慕之情
仍是出奇的膚淺，只是因為自己的幻想而加深了內心的苦
楚，越是刻意反更催加自己的心理重擔，又真能淡忘嗎？
說不定，真有一天他會從我心中消失了，就算再見，我再
也記不起了，那時候，只會訕笑現在的無知浪漫。相逢何

必曾相識，相識也只在偶然！

是一場唏噓。悠悠歲月，將放著幾許的艱辛路？已發生的一切，又算得上什麼？要懂得感恩，我已是幸福樂園的仙子。相信，短暫的情債、過去的幻想，只是時空間一個不經意的錯配；或者，只要我充實地過好每一分每一秒，我便是一個充滿朝氣的年青人，活著一個有意義的靈魂。

82 年 1 月 10 日 追尋

幾天來為了宿生會上莊的事情，我已經忙得很累，但對上莊的熱忱及期盼，讓我能孜孜不倦地撐下去。我是挺開心的，但願來年都能保持著這種衝勁，不能塌下來；做著做著，半年前做迎新籌備工作的辛勞、衝勁與歡樂，又重現心頭。

那時候正值暑假，少了功課的負擔，自己玩得更為癲鬧，尤其當時刻意要治療心靈的傷痛與空虛，以致有點放浪形骸；但那段歡欣的時光，實在令人難忘；當時激動的心情尤記腦海，想起來，眼眶總還有點熱熱的。我的確有刻骨銘心的感受，我今年的改變，也都是因著宿生迎新籌委的工作給我的再教育、再創造，機緣巧合下，就引領著我一步一步的走上這宿生會幹事的路了。我深信我將會面對多姿多彩的一年，也將可能面對不少的波折和困難，但這不

再是個人的，而是群體的。我要用歡笑換掉眼淚，在年青的歡樂氛圍中一起去克服面對困難。我想，我總沒有虛度這個大學生活，沒有辜負美好的機會吧！或者這是冥冥中上天對我的眷顧，我真的要感恩。

心內靜靜的流淌過一絲暖流，我感到自身的幸福——有溫暖的家、有靜謐舒適的讀書環境、享受著大學生活教育、憧憬著美好的前途與人生希望，現在還擁抱一群充滿朝氣的友儕，我不應該再表現冷漠，我的熱誠、愛心，是時候要主動出擊了。

82 年 8 月 30 日 閒懶

一個懶洋洋的假期，沒有半點的衝勁，什麼也不想做，滿腦子又充斥著一張張的臉孔，心思又再拂亂了。似乎，我不是一個事業型的女性，一有機會，我便盡情地懶洋洋地去享受那份悠閒、那份寂寞，讓房間放著音樂，眼睜睜的瞪著天花板，滿腦子充斥著浪漫、空白……睡著了。那麼，上學年我為何要把自己弄得這樣忙碌這麼疲累呢？

或者，我就是要不停地工作，才能找到自己的朝氣和活力，才不致於沉淪無主。我雖然愛發白日夢愛悠閒、善感多愁，

卻是不能閒下來的。習慣了勤力行動，靜下來就會出岔子。難得一天可得清閒，無所事事的一天又過去，閒下來總覺得有點煩悶，卻又不知找誰傾訴去。

明天又要上班了（註：暑期工），營營役役的，如何就此過一生？憮悶起來就想跑回家，要吃媽做的菜、冰箱裏的點心，我這個人能閒得下來嗎？

82 年 9 月 15 日 糾結

始終仍是提不起幹勁，對宿舍的事務變得得過且過，沒有了當初的熱忱。近來我感到很困悶，幸好還有一整天的工作，消磨了不少時間與精力，否則我的情緒不知又要低落到什麼地步了。開始體會到，行屍走肉是什麼一回事了。

我曾經從迷戀個人的境界走回到群體的熱情裏，那時候的我情緒高漲，就憑著一顆不畏戰的心，什麼也能攻破、也能融化；現在呢，我又從群體中走回到個人核心，雖然我仍是宿生會幹事，參與了許多的活動，投身策劃，但我那熱熾的情感仍然得不到宣洩，只得再掉入困惑中。其實這是個人的心境問題吧！

年華廿一的姑娘，是如花如詩的年代，我本就已經活在幸福的世界裏，條件都比人強，還得到不少的祝福與讚美，身邊有這麼多人對我愛護，夫復何求？就用心將這熱情再帶出去吧！

82 年 9 月 18 日 冷眼

新年度的宿舍迎新活動又開始了。近日情緒低沉，但回來看見全宿舍興高采烈的，心情頓然也興奮起來，可以再重溫去年迎新時的幹勁。這麼快又一年了，今年自己已經變成大仙了，兩年來我學到了許多，人生觀轉變了不少。看著一群新鮮人進來，興致勃勃的，迎新過後，又是他們各自追尋新的大學生活了，在每一位同學背後，會有什麼境遇等待著呢？在宿舍的環境下，他們可又會遇到什麼波濤或挫折呢？

我的愛情、學業、工作、性格建立、人際關係……一切一切的轉變，都建基在這座舍堂，現在的我，已非昔日的我了。是好是歹，這總算是一個成長，一個人生的經歷吧。一個自覺幸福又前途無限的女孩，還所為何求？但就一個「情」字，將會給我困擾多久？

見著一班新鮮人，一個個亭亭玉立的少女，我都能想像到她們心底此刻的憧憬，如詩如畫的美意，將會在太古堂如

何發生展開？又會造就多少的無奈？沒有人可以預計！

但相信年年月月，尤其在這個時刻，都會同樣重複著這個「浪漫」的玩意；我還能再有妒意嗎？我現在是個成長的人兒——踏實、感知世情、懂得計算，同時學曉如何關顧別人感受，不再是那個天真戇直的傢伙，不需再與初生之犢競衡吧！

【初老的浪漫】

年少輕狂,是「造夢」的年華;而耆艾初老,掛在嘴邊的,就是「追夢」、「圓夢」。時不我與啊!

初生之犢面向人生前路漫漫,情感在尋覓、前途在鋪墊、生活是憧憬……都充滿疑惑、亦滿有盼望、全是不確定性,那內心情緒的湧動,實不足為外人道也——想到這裏,不禁為正處於這暴風階段的後輩捏一把汗!此刻回眸,亦不禁要向當年堅持浪漫造夢的自己致敬,竟能憑一己之力,安然過渡並邁步前進!

營謀半生,過了不惑之歲、也越過了知命之年,來到初老,人生篤定了……面前歲月悠悠,卻已是生命倒數……毅然提早上岸,退隱山林,歸園田居,與老伴攜手,追尋年少時未圓的夢——夢想的工作、夢想的玩意、夢想的家居、夢想的遊歷……就趁刻下尚且有心有力有暇有想像,就盡情地去實踐——

在澳洲鄉郊一隅買下小屋,每年輪番往返小住幾個月,逍遙於異域的藍天白雲……為了圓他的夢,這是我豁出去的浪漫!

晨起在家門前迎日出；掏出手機把停在小花瓣上的曦露凝
住；早跑路過湖邊跟野天鵝一家打個招呼；與鄰居的大白
狗抱抱⋯⋯這是我一個早晨的浪漫！

流連博物館、逛藝廊；遊走於大學的公眾講堂，今天是中
醫學，明天是宗教文化，什麼時候又來個生死哲學系列；
又或午夜捲身床上，上線「讀書會」講座，偶拾世間好書
⋯⋯吾生也有涯，而知也無涯，以有涯隨無涯，嘻！只是
水過鴨背，轉頭就忘記了，卻樂在其中，全無壓力⋯⋯這
是我老來追逐無涯的浪漫！

終於開展四十年前夢想的寫作之旅，重拾舊日足跡舊時
情，沉浸於前塵往事，領受著現下幸福⋯⋯這是我人生
圓夢的浪漫！

雲淡風輕，此際心境，安穩踏實，卻很浪漫！

湖海洗我胸襟
河山飄我影踪
雲彩揮去卻不去
贏得一身清風⋯⋯

《楚留香》的一闋歌詞，忽爾在胸中迴盪流轉。

23

2 詰問人生

81 年 5 月 26 日 盲約？

人生，就是種種的巧合，一份份未可預料的盲約。是誰給我們的安排？下一刻將要發生什麼？但我總相信，命運始終有一半是握在我手的，否則，又怎會有我的存在？若能夠抓牢這一半命運，說不定可以翻轉另一半的天意，且看這份契約賦予我些什麼，我都能勇敢地面對的。

不需強求，只要順著自己的條件和能力，生命的一張張空白便會寫上應該出現的，正如這本日記簿往後的空頁，亦將會寫上我未可預見的生命，畢竟我已經點點畫畫的寫了二十載的光陰。

81 年 7 月 18 日 生而為誰？

奔走了一整天，我覺得生活很充實，但接下來許多的人生問題，也源源的向我襲來。生活，便是如此的起伏；情緒，是那麼的蕩漾。或者，人生的經驗就是這麼的交織而成，織成了千千百百不解的結。

我世故了，誠然還有許多天真的理論，但我相信，自己漸漸對這個世界多了認知，更重要的是，懂得探索如何去適應接受它。我只是自然界中渺渺的一個分子，人海中茫茫的一員，多一個不為多，少一個不為少，但是，我的存在，對我周遭的人，又會有何等的重量？生，為誰？無論我是如何的偉大或渺小，在這時空中，游離著我的一絲氣息，轉動著我呼吸的頻率——然後，某一天，隱滅……但這世界，已沾過我的血、飲過我的淚，還有，爭過我的歡笑。可以肯定——我存在過，亦應貢獻過。

我願意獻上一顆愛心、鮮紅赤子之情，也必須學懂計算如何面對生命，做一個實實在在的人。我需要責任、權力、鋒芒……好一個好勝倔強的我！但不容置疑，我希望自己能遵循一個正當高尚的途徑，去爭取自己的成就。

不過我又怎麼敢保證些什麼呢？刻下我仍然在混沌中，茫然探索著如何應對自己面前的問題呢！

82 年 1 月 12 日 死有何憾？

這幾天還未能收拾好心情去讀書。今天只上了一堂早課，但整天就渾渾噩噩的，下午更又發起白日夢來，幻想著自己活在小說裏的命運——

我面對死亡，但我並不懼怕，只要自己真的能不枉此生，欣賞過自己的生命，那又有何憾呢？

不知為何，我竟然會想到在自己離開這個世界前，要向一些朋友作個交代！原來他們一直都在我心中佔著位置！我知道，我不再是以前那個冷峻混沌、深沉木訥的小女孩了，我有愛有恨！但願對別人所奉獻的，他們都感到是誠摯的愛吧。

我真的就此能放得下自己的生命嗎？誠然，我自覺活得很幸福，到目前為止亦未曾受到怎麼大的風霜，但我知道，我放不下我的家人，每想到父母弟妹，在平靜的心情下竟不自覺地流下淚來。忖量，我愛他們，深不自知。

82 年 2 月 24 日 我是誰？

我是誰？
我並不要計較，在我的生命結束的一刻，可能就此一生幻滅。但我會以創造主給我的肉身，去將祂的愛點綴這個世界，那怕只是一個小小不可計的方域。

讓我就成為這大地的一小點露珠吧，滋潤那微不足道的一小撮泥土，我就不枉此行了。我努力的意義？為求多看、

多充實、多溫暖他人。無論我消失後是否得上天國，我都會同樣快樂，我知道，我活過了！

84 年 11 月 20 日 青春歲月會多長？

天氣轉冷了，冬又來了。記起宿舍的隆冬，是那麼的蕭條肅穆，在那裏捱過了多少個孤寂的冬日，也享受過多少個笙歌的夜，一切都似乎那麼的遙遠了，年青的日子就是那麼的短暫，瞬間徐徐老矣！此際，仍然是那張活潑的俏臉、那跳躍的心靈，但人畢竟成熟了、踏實了。不要白費青春啊！

84 年 12 月 3 日 年華老去的想像！

日子轉眼的流逝，工作的重擔催人快老。細算日子，八四年也快將溜掉，浪漫的時光也越來越難尋了。近來已學起懷緬過去、強說「想當年」了。

的確，大學生的日子，是生命中一個極燦爛的時光，但有如煙花爆發，一旦燃點，在讚嘆及喝采的聲浪還未消失前，它已落逝了！只餘下誘人的火藥味、及腦海殘餘的影像，於齒掉的時刻，再翻出來津津回味。幸而，我沒有枉耗這三年時光啊！

【人生大問小答】

「成就感」與「幸福感」

生活營營役役，生命就是尋尋覓覓？

生而為誰？死有何憾？

曾經想像的年華老去，現在，已經變成現實！初生之犢的詰問，原來很辣！四十年後的我，可有條件回答？

人在成長，人在老去。間或隱約的在追尋「我」的目的、「我」的意義，但到頭來，都只是順著凡夫俗子的生命軌跡，圍繞著事業、家庭、財富、名聲、權力追逐半生，殫精竭慮四十年，爭得的叫作「成就」，自我感覺良好的話，就叫作「自我成就的實現」。過程中時而抖擻、時而屈服。做到了，那又如何？到站了，仍未達標，那又怎樣？退休了，再沒有財富名利權力的爭逐，「成就感」可以維持多久？有人甚或因此沒了存在感，墮進抑鬱的陷阱，生存的意義何在？原來兜兜轉轉半輩子，人生的大問仍停在原點！

一直向前衝了半生，根本無暇回望，對舊事舊物亦很撇脫地斷捨離。好了，退下火線，人終於靜下來——青春歲月

既成過去，「成就」就只留在昨天；前浪打盡，再沒有無止境要追趕的目標，日子一下子自由了，這不就是我夢寐以求的時光？就轉個軌道，不為生活，不用討好，找尋自己覺得有意思的事情，以「玩票」的心態讓平生所學所得的餘光回饋社會。我因此一頭栽進了義工行列：參與文化保育、做真人圖書作生命智慧傳承、向非牟利機構提供顧問服務⋯⋯竟不知不覺間回應了當年混沌小女孩的心意：成為大地上的一小點露珠，滋潤一小撮泥土，算是不枉此行了。

年華老去的今日，尚幸過得比想像的自在，自覺這就是幸福，非常感恩珍惜！

人生意義這份問卷，老實說我仍然未懂作答。信仰上可以擺出「信、望、愛」，慚愧我並不是信望愛的老實追隨者實踐者；曾經試圖向哲學問道，儒家的修身齊家治國平天下非我杯茶，嚮慕老莊的無為逍遙，卻無慧根看透「魚之樂」。最終我還是沒有讀得成哲學，自由自在雲淡風輕好了！

談死

記得早年做時間管理的培訓課程時，有一個章節內容非常深刻：「試想在自己的喪禮上，你希望曾與你交集過的人，會如何評價你的生平？」這道題原是讓人去思考他平生最重視什麼，有生之年是否把有限的時間使用在最重要的人和事上，突顯他的人生意義所在。

但對我來說，這更是一個有關名聲的問題，這等如問「死後你想怎樣留名於世！」我因此曾經幻想過這個情境會如何出現，並玩著堆砌一個可能會給我致輓辭的親友名錄！這不就是一種虛榮嗎？回想也覺得臉紅可笑。其實，活得如何，只在我還有感知的時候才有意義；眼目一閉，兩腳一伸，身後任何事，還與我何干？

進入耆艾之年，有種想法逐漸浮現：在我離開這個世界之時，不要給我喪禮。

人年紀漸長，見證的白事漸漸多了，有長輩的、也不乏同輩的。身處喪禮中，先不說那煩死人的繁文褥節，逝者躺在棺木內，讓親密的、少有往還的、甚或不相熟的親親友友，在靈堂上出出入入的瞻仰遺容，評頭品足：「很安詳啊！」無論那包裝如何莊嚴秀麗，我看著心裏總為逝者感

到不舒服。當然，這是我個人感受的投射，是孤隱的個性使然，但讓我更明確知道，我到那個時候我需要什麼——既然子然一身的來，就讓我煙消雲散的去，人世間的恩怨情仇，到時候已經是過去式，會思念我的，自有其思念方式，能聚的，或在天家再聚！就不要「擺我上枱」好了！

就讓浮名，輕拋劍外，千山我獨行，不必相送 ～～又想起這幾句歌詞。《楚留香》

3 明明德

81 年 5 月 26 日 立志

時刻的警醒自己，做人得光明磊落，無愧於天地人心。在這成長的過程中，許多處世之道及行為規範，我仍必須好好學習，好好控制。我要做個勇敢、開朗、大方、與人為善的女孩，昂首闊步，任教風風雨雨，讓我屹立直行，走出一條生命彩虹，活出一副頂天立地的人格。——雖知不能盡善盡美，克己所能吧！

81 年 5 月 30 日 貪念

忍不住拿起日記本，要寫出心中的慚愧，好警惕自己日後萬萬不能再犯了。

發覺越來越不能約制自己的貪念，其實是沒有主動地去約束。是大學生了，受到如此高深的教育，卻對道德人格鬆懈起來。這已經不是第一次了，雖然只是冰箱裏別人的一片芝士，但已不能抑制自己的貪念，畢竟我做了，而且已經幾次！既然事後慚愧內疚，為何還是做下去呢？這會有辱我的人格啊！若要人不知，除非己莫為，就算無人知，

但心存之正義，又豈能容我？

我本是個光明磊落的好學生，為何當起了大學生反而人格不全？必須痛改前非，名副其實的去當個正人君子。我的缺點是貪小便宜，就是平日與人聚餐，我也不能自制地吃得過量，是那麼的不雅！從這一刻起，我必須頑強抗拒這個邪魔，好好做人，問心無愧。

81 年 8 月 28 日 克己

今天總是有點悶悶不樂的，工作上並沒有什麼不妥，可能是開心過後的一種反應，情緒高潮後再來一個低潮吧。總覺得眼前的人是那麼的討厭，他們儘在逢迎，沒事的時候與你打哈哈，當有事求他們幫點忙便退避三舍，讓我很懷疑這些「朋友」的可靠性，各人都將自己封閉得異常縝密。唉！我只能相信自己，在可能的情況下也不要求人幫忙。

雖然我一直本著不要介意自己吃虧的初心去處世，但一個人又怎樣可以永遠吃虧呢？不過，現在我仍然未需要怎樣去搶露鋒芒，練精學懶更無必要，趁著這兩年仍然生活在保護罩下，盡量讓自己刻苦鍛煉吧，培養苦幹堅忍的精神吧！也好從中學識如何保護自己，又如何可以平和地與人相處；哼！還要學識如何耍手段，卻又能成為受歡迎的人物！

記著：我要堅毅、忍氣吞聲、寄情工作、努力苦幹，也不妨吃點小虧，盡量關懷幫助有需要的人；無需過分熱情，但也不應過於冷淡，只需做個平和可親的人；不埋怨、不沮喪，永遠笑容滿面；最重要的是要懂得抑制自己的貪念，其實少一點點對大局根本沒有關係，樂得心胸寬廣；萬事先求諸己，將己所欲者佈施於人；而己所不欲者，則永遠戒絕此念之起。

81 年 11 月 13 日 待人

在很多方面，自己仍然十分的孩子氣，心胸狹窄，時常著眼自己的利害所在，不能顧全大局，這方面，我必須好自為之，時常加以警惕。小吃虧是無關痛癢的；和氣點，切勿板起臉孔嚴肅地對待別人；墨守成規是不可取的；不要太著眼於名利，人情是難免的。尤其我現時仍處於學生階段，需要我發揮的是責任感與幹勁、誠意與熱心，只要我能全心參與，便能萃取到這個年青生命的快樂和幸福。

【人格品牌】

公平正直，不群不黨，倨傲獨行——哈哈，如此被標籤的人格品牌，悔不當初應該去投考廉政公署！

回看大學時期塑造的自我，嘗以「克己復禮」為內心修為，追求「君子矜而不爭，群而不黨」的處世態度，雖然外表溫文陰柔，但內在剛偪，有點孤芳自賞，亦培養了堅毅不拔的個性，不願求人也不讓人求，最好互不相欠，說白了，就是不近人情。

遺世獨立不能吃飯啊！更何況是來自基層的小女子，所恃何為？為了立足社群，發展事業抱負，處世就要得體圓融一點吧！什麼是「識時務者為俊傑」？世界仔女是也！可我不屑！堅持君子坦蕩蕩之風，得罪人多而不自知；亦固執於不為五斗米而折腰，那麼於職場上跌跌蹤蹤就在所難免。隨著時日轉移，在職場上的地位提升，阿姐性格原型更漸漸鞏固浮面，凡事更執著於公平公正，不論是面對上司還是客戶，都不賣帳，我不要刮你的油水，你也別旨望在我身上佔到什麼便宜。是的，道德上我站於高地，能力

上我有所恃——表面上我備受尊重，實質呢大家對我都敬而遠之。

直至退隱江湖，遠離塵囂，靜心回顧，點滴心頭：慶幸我有堅定的道德信念，在花花的商業世界中保持頭腦清醒，沒有隨波逐流在渾水中淹沒；同時亦悔悟自己往昔處事的斤斤計較，不近人情，有些執著爭拗，可能只是觀點與角度的問題，雙方或許都自以為是，其實，無關道德底線的人和事，退一步，不就海闊天空了！

現在，我要繼續學習的，是放下執著，放過別人，也要懂得放過自己，這是否就是耳順的真義？

君子慎獨

「朗，記住：君子慎其獨。」兩年前看著小姪子獨個兒離家負笈海外升讀大學，心血來潮贈與他的一句話。

想起當年偷吃別人的芝士一事，銘記心底的懺悔，一直鞭策著往後的自己，做人得信實磊落。回看，我感激當年的自己，已懂得自我克己規範，造就此生無愧無悔的人生。

我輩當打之年，正值社會急速發展、經濟起飛，機會唾手

可得。眼見多少人窮一生精力追逐物質富貴、權力聲望，急功近利致極點甚而不擇手段。的確有人因此大富大貴，更多的是大起大落顛簸人生。當然，每個人都有自己選擇要走的路，更何況當年是天之驕子的大學畢業生，機會比比皆是，就看你的眼光與膽色。

我與遠都不是冒險家。俗語有句「擔屎唔偷食」，嗯！就是我們這類人吧！我常跟他逗趣說，我倆不是太笨了嗎？勤懇一生，只得糊口。他挑挑眉頭，陰陰嘴地笑著回話：「明知是屎都偷，不就是更笨嗎？」慶幸我找到的人生旅伴，與我擁有相同的價值觀，能彼此砥礪同行，知足安穩地過日子。

每晚能無愧無咎地安枕，每朝又神清氣爽的起來，迎接新一天的生活——我一直為此感恩！

4 人際關係

81 年 11 月 9 日

其實，現在我還未能真正找到可傾訴心聲的知己。曾幾何時，因著情困，慌不擇路，亂抓救生圈，便隨便的向人傾訴心事。但是我能得著什麼呢？真正志趣相投的朋友還未出現呢！

自知生性較內向，但也有爽朗的一面，我該學習如何與人交往，學習如何待人處世，給自己帶來更多的絢麗時光。真面目能用者有幾多場合？做人需要圓滑一點吧，只要我真誠無愧，頂天立地，心安理得就行了。

81 年 11 月 13 日

半年來全心全意投身於舍堂的事務，歸屬感悠然而生，對舍堂的生活已全然投入。我愛家裏的溫馨，也愛這裏堂友間的互相照應；每個周日我渴望回家聚享天倫，卻又享受沉浸在這裏嘻哈笑鬧的氛圍，身心是何等的健康愉快！比起去年情緒最低沉的時期，現在的我簡直是判若兩人。希望長此維持下去，讓我好好努力渡過餘下這兩年。

其實，要真正快樂地嬉玩讀書，關鍵是維持著自己情感的平衡。故此，不能再將自己困在感情的網裏，在自己身心尚未成熟的時候，過快地投入男女間之戀慕，是浪費生命、糟蹋自己。努力的把持自己吧，追求人生的真善美，是需要穩健的基石。這兩年，是給自己鍛煉的好機會，不要再虛妄幻想，我只需要純淨的友誼，讓青春氣息更充盈。與迎新籌委及宿生會幹事所建立的情誼，正是這個方向，讓人多麼舒坦快活。幸運地，我現在也可在所住的九樓內的各個角落，尋找到這種友愛的溫馨。

82 年 1 月 17 日

有一陣子曾經為了人際關係的反覆無常而心緒不寧，不過現下的心情已經好轉過來，一切都看得通透、看得開。我此刻是歡愉的，內心感到踏實充盈，就將友愛、寬容和溫情帶出去吧！我愛這個舍堂、這裏的友儕，但願他們也愛我。

82 年 4 月 17 日

我此刻心情是開朗的，這是去年未曾有過的。當我很想笑的時候，就可以隨便的笑；每個人碰面，可以無需顧忌什

麼，就跟他們招呼微笑；別人對我的友善，已讓我每天的心情樂開了。這一年我花了不少時間投心付予這個舍堂，總算沒有白費心機，所換回來的，實在已經讓我滿足；儘管大家只是交換淡淡的微笑，已經使我體會到這一份不可多得的幸福感！

活在這年輕的生命裏，就是我心底的快樂。

我畢竟要成熟長大，雖然見聞、思想仍然稚嫩狹隘，但外表的溫文淡定卻替我爭回不少尊重和信心。但願繼續保持下去，祈求自己內裏的長進，終會達成內外一致的深度。

83 年 6 月 21 日 失敗

離別在即，送出了一些辭別咭，總算對一些有交情的友人作了交代。

其實我對九樓已沒半點留戀，在這處我始終不能合群，或者，女孩兒家的小心眼，或嫉妒、或猜疑，我還是不得討好，臨離去時就更為冷淡了。自從跟張的相處疏淡後，在九樓我的人情就更冷漠了，對那些嘻哈的友誼就更不屑一顧，人際關係弄至如此地步，似乎違背了我的初心，可算是我臨尾的一個失敗。

猶記去年，我投身服務舍堂，曾為大眾用過不少心思，亦要讓自己建立一個親善的形象；努力了好一陣子，成功了一陣子；卸任後，熱情漸而冷卻下來，這又何可奈何？對於人情際遇，算是上了一課，認識了一些人的行為態度。在這人際交往的課題上，我所經歷的情感起落，冷暖自知，再也不存任何奢望了。人生路上，萍水相逢，各自行色匆匆，能要求多少呢？尚幸，仍有知心友一二，作為背後的扶持，已感萬幸。

【人際關係 2.0】

年輕人在成長的過程中，如何得到朋輩的認同，是天大的事情，壓力比讀好書還大！成年人或因經歷多了，把曾經的成長壓力淡化了、淡忘了。

回看自己當年的日記，才再記起，少年十五二十時，一直在探索詰問：我是怎樣的人？仁慈正直？孤僻自私？受人擁戴？被人嫌棄？並嘗試給自己模塑自以為是的形象：和善友愛、開朗大方、刻苦堅毅、寬宏大度……在認知自己性情的過程中，總在承認與自欺間糾纏；別人一句不經意的說話、或一個不在意的反應，都可能引發內在情緒的無限低潮。

我的處世待人之道，有否因著年少時的一廂情願而塑造得至善圓融？

我先交待一個現象：與人接觸，三、四十年來我有個很自然的習慣——動手！當然，見面或說再見時握握手，正常不過，這是萍水相逢泛泛之交客套門面的交際禮儀；但當我或輕輕地給你的胳膊來一拳，作為見面禮，又或溫柔地

給你的手臂拍兩拍，作為道別，我們的交情，就不一樣了！
很奇怪吧，自小性格內斂行為拘謹的我，為何會有這些舉
止？而且不拘限男女，甚至乎有些只是初次見面的工作伙
伴！動作會否過於輕狂，甚或引來誤會？個中有些微妙的
化學作用，只能意會，不能言傳……

其實，在人際關係這課題上，我感恩在人生路上能遇到兩
個關鍵時期，當中經驗直接影響了我往後與人交往的表達
方式及能力：

其一、大二暑假時參與了學生輔導員證書課程。
當中對我最大的啟發，是如何運用肢體語言，向對方表達
友善或關懷，故此現在時有情不自禁地向對方捶肩拍臂的
舉動，但溫文中又不顯得過份熱情。（前因後果見本書〈抱
抱〉一文）。

其二、在四十不惑之年，職涯到達黃金時期，進入了人力
資源管理及發展的培訓顧問工作。
工作讓我有機會預先學習總公司研發的前衛管理理論及行
為模式，再以顧問身份為客戶建立管理模型及給予培訓。
過程中我暗地裏自肥的，便是更確切地認知自己的性格特
質、鍛煉人際交往的言語表達技巧，並在工作中不斷解說
及反覆實踐。只要我頭腦清醒，我就能計算自己一言一行

所能帶來的反應，嘩！聽起來不有點恐怖嗎？

不過，人際關係，可不單是輸入輸出的方程式，那是情感交流的藝術，在潛意識的感性層面，人就不會「頭腦清醒」了，好惡自有個性！的確，活到這把年紀，我可以倚老賣老，憑著過往的歷練與經驗，與人交往，我抱有自信，知有所為有所不為。是否至善圓融，已經不是我的目標了！

哎喲，固執便是由此起！我還不想當個頑固的老婆娘啊！

情是

5 猜·情·尋

82 年 4 月 11 日

一直盤算著疏遠他，以求彼此淡靜下來。我們都屬於深藏又較沉默的人，我並不輕易在男孩面前泄露內心的感情，他可能也感覺到我的淡漠飄忽；他更是如此！

其實，我們的交往一直以來都很淡薄，只是一般的朋友交往，但當中總有著一份特別的感覺，既不是手足情，亦非明顯的男女之愛，總之，那特殊的感覺就是細細的流過心間，不知是何感受，也不知他實在有何感受。每次踫見他，我的心就軟下來，不再固執設防，但每想到他那冷漠的態度、那孩子氣很重的舉止，我便不能想像如何去接受他，接受他作為我的男朋友，甚或將來的伴侶。當然他總有一天會長大成熟，或者，他的表面行為，是用以掩藏他的內心世界，但我就是不喜歡一個如此不懂得照顧不體貼的男孩。可能我想得太遠了，總覺得我未來的伴侶不會是他這個類型，但我們正在滋長的感覺又不知如何解釋！

82 年 4 月 19 日

曾經看過一句話：「情是自作的」。

若非自己本身動情，又怎會產生困擾煩惱及不安呢？對於他的一切，我都耿耿上心；對於自己的一舉一動，著著都想到他的感受、他可能的反應——這不是自作之情嗎？我已將自己的情感分成兩半的我與他，但他或許一無所感、一無所受，只是我的幻想、作繭自縛罷了。

情感上的受與不受，我總是反反覆覆，立不定主意。或者，這是正常的，無論他日有緣無緣，聚或散，我都經過了思考、斟酌，而最重要的是，我們建立的感情都經過時間的歷練，彼此曾經了解計量，謹之慎之，無可悔、亦無可怨。

82 年 5 月 12 日

在情感愛戀上不敢放縱自己。對於男女間的戀慕，不能否認我是渴望的，但記得去年暑假時，自己曾下決心，在大學的剩餘日子裏不要再墮入情網。我那冷冰冰的外表下，曾經蘊藏著無限的柔情；現在那漸轉溫切的臉容底下，卻是忌怕的心；我此刻只願將這熱情投放給群體，比獻給單一的對象來得穩靠安全。

唉！少女情懷，雖然多番的提醒自己，我總還是不時的心猿意馬，似乎在這剩餘的年多的日子裏，未能避免再次出現愛戀。既來之則安之吧，總之不要鹵莽了。

82 年 5 月 29 日

考完試已經三天了，仍然是慵懶得什麼都不想做。懶懶的重拾往昔的信件，重溫去年班寫來向我表白的信，那股狂熱真切仍然新鮮可感，奈何時間不對呀！同時亦撩起了去年自己沉迷於屈的無奈，那沉淪的情緒實在可怕，回想起來仍感怵目驚心！幸好我最終擺脫了那份困擾，走了出來，重回到年青人應走的路徑。我真慶幸找到了這一年的生活方向，那就一定要警醒，萬萬不能再讓自己重墮這種難熬的苦困。

對愛戀的事，我當真感到心底的冷淡，不想勉強、不奢求、更不敢幻想，只是默默的、耐心地等待著，我實在還沒有碰上一個完全稱心如意的人。就把這心債交給我的神我的主，我無必要怎樣的去籌謀去擔憂。

82 年 10 月 8 日

昨天竟因想起了往事以致無聲痛泣起來，相隔了足兩年的日子，而且已用了一整年的時間讓自己好好去調理情緒，自以為什麼都煙消雲散了，想不到卻在這個時候又再抽搐起來。

連日來情緒很低沉，自己也無法抑止。功課、找工作、宿舍事務……一切一切，都使我一籌莫展，只因為自己仍困在無從計劃的時空裏，空自為感情而困惑。我不是要好好地幹一番事業嗎？卻什麼興頭都跑掉了，到處都找不到一個可傾訴的對象，說了又如何？不也又是空自煩惱？情緒的低潮越益濃重，天呀，救救我吧！

我知道，最想傾訴的對象是他，只有在他身上我才能解除一切的困惑，但我可沒有勇氣膽量去向他剖白這一切。而且逐漸發覺，我很矛盾，問題不單只是他對我的好惡，而是我自知又再墮入這情感的圈套了，我很怕，怕會重蹈覆轍，想要趕快跳出來嗎，卻又不甘心。

此刻什麼事情也提不起勁去幹去衝，年青的氣息又再一次低沉下去，怎麼辦好？明朝本來約好同學要討論功課的，

但我此刻已無法集中精神去繼續看書，功課好像顧不上了！但我必須好好去應付啊，要盡自己一切的能力，努力過了，才死而無憾。

82 年 10 月 13 日

他剛上電話來了，一開腔似乎仍表現得很拘謹，但我的心情則輕鬆了許多，那份關懷及親近感，在話語中自自然然地流露，再沒有要避忌的心理，只是我還有點不知所措。

發展一份感情，在我來說實在是帶著恐懼的一個冒險，儘管我們認識了年多，平淡地交往了也差不多一年，感情的推展卻在抑壓與自欺間折騰，經過反覆的掙扎與思量，終於跳開來、明朗化了，但始終我仍沒有信心，這信心不只是基於他是否真誠，這還是兩人之間微妙的心理連繫，這變化又有誰能肯定、保證呢？

我只能壯著膽子踏出腳步，求神保守。

【愛永不止息】

就是這位飄忽淡漠的仁兄，最終成就了我的終身幸福。當然，當年美少女心中的童話故事，並沒有在走進教堂的當刻就寫上一個「從此永遠幸福」的註腳。

「凡事包容，凡事相信，凡事盼望，凡事忍耐，愛是永不止息。」（哥林多前書13:7-8）這是我倆對愛的信念，刻印在當年我們的婚禮邀請咭上。當然，信念的實踐，是需要時間學習累積，以及彼此委身扶持。

當年浪漫的尋尋覓覓，最終還是免不了踏上凡夫俗子要走的現實人生路：建立家庭、養家生子、拼搏事業……兩人四手從草根階層的原生家庭成就為香港中產，然後籌算如何退休，頤養天年。這亦是我輩大學畢業生其中典型的人生軌跡。

那麼，兩個性格特質高度相似的人走在一起是何等景況？哈！沉默對沉靜，悶蛋鬥悶蛋，可以過人世嗎？尚算平平穩穩的過了三十八年了！其實，這「平平穩穩」倒也是可圈可點的，我倆並非一凹一凸，少能互補長短，有時更會

針鋒相對；彼此都有棱角，互抱安慰的同時，也會把對方磨蹭得瘀痕纍纍；幸而彼此性情相通，憑著愛，一路走來步伐就越來越一致了。

進入花甲之年，回首已是百年身！我倆又再並肩出發，攜手追尋他的兒時夢——掙脫俗世枷鎖，旅居他國，享受無拘無束的生活——我們在澳洲鄉郊置立了第二個家園，歸園田居，弔詭地，卻也同時實現了我那自少已嚮往的、不吃人間煙火的浪漫！

我如何交待我倆此刻的狀態呢？
虛室有餘閒，你有你的聖經探研，我有我的書法練習，家中各據一隅，自得其樂，樂也融融！每當他興致到要來個炒蝦拆蟹時，我就樂於做他的知音食神；輪到我興起要做我的酸種麵包實驗，就得難為一下他的嘴舌肚皮；年中一兩回把臂外遊，又或日常執手登山、赤足踏浪；時而高談政經偉論，百無聊賴話家常……生活老實平淡，知足感恩。

「相濡以沫，至死不渝！」以前是抄來的老套，但兩個不同成長背景的人走在一起，經歷磨合碰撞，再又彼此砥礪同行。此刻再看這兩句，心領神會。

此際回望，我會說，我們彼此都找到了對方！

婚姻的信約 The Marriage Creed

這是我們的婚禮主持人<u>彭</u>醫生所送的結婚禮物，無論搬家多少次，三十多年來它一直安掛在我倆的臥房牆壁上。猶記當初打開禮物閱覽時，每行都有讀不懂的生字（實在汗顏），只覺它的外觀方正溫暖，在家

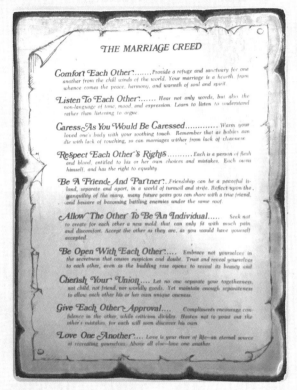

徒四壁的當下那是件不錯的裝飾品。又隔一段時日，查過字典，對其文中含意畧有領會，但仍然感受不深。時日累積，婚姻生活的歷練與挑戰多了，再來逐字逐句咀嚼，才真正心領神會。

雖然遲了讀懂它，幸而我倆尚能憑著不止息的愛而慢慢實踐著、守護著這個婚姻的信約。

6 親情

81 年 12 月 28 日

在家逗留了四天，終於回到宿舍來。本是挾著一腔幽幽的悶氣回家，在家中的溫情撫慰下，我心情安穩舒泰地渡過了這個聖誕假期。家裏雖然比宿舍凌亂，但一家人在一起，給我無比的安全感，湧動的情緒得到平撫，這在宿舍裏是難以找到的。

以前極渴望留在宿舍，可以自由自在的去支配自己的時間，這裏的寧靜與清新，正是讀書的好環境，但現在又有點害怕它給我的寂寞感；埋首功課久了情緒就顯得懨悶，堂友們給我的友愛，大多是表面的。雖然我力求改善人際關係，但效果會如何呢？再加上在兒女私情上的有意無意的渴求又抑制，年輕的心靈多少有點空寂。在書枱上，我有功課的壓力，寂寞的恐懼，唯有往家裏跑，回到我的庇蔭所在。

83 年 5 月 28 日

這兩天回家跑了趟，爸媽已預備了我回去居住的房間，替我添置了家具：一張書枱、一座衣櫃、一張工作轉椅，媽

還正在替我造新床、裝嵌書架。爸媽替我準備的那份熱心，充分表現出他們對我的偏愛與期許；他們給我買的，是能力內最好的，家裏可從沒有如此的奢侈過，且只為我一人而設，而非一家人享用，當然，他們是想著我會把錢賺回來的，弟妹們只有羨慕的份兒，這也使我於心不安。老實說，我也確實需要這個安適的小宇宙去開展新工作，我只好默默承諾，會做足孝順女的本份，以報親恩。

【放下・放手】

抽屜底的紅封包

我牀邊小櫃的抽屜底，一直躺著一個小小的不起眼的紅封包，被周遭其他雜物掩蓋著，丟在角落裏似被遺忘了。四年前執拾家居準備裝修，我清理抽屜時再打開紅封包，內裏攝著一片輕飄飄兩吋見方的紅錦緞碎方布，留住？扔掉？霎時間我不知道該如何處置它，輕輕的我還是把紅包摺起，放回原處。

「你們要各自給爸買一張錦被，讓他溫暖上路，這是你們做女兒最後的心意！」父親舉喪時，媽給我們幾個女兒開出如是的要求。五百大元的一塊單薄鍛布！我當時心裏直是嘀咕：四個女兒共款二千大洋，給冰冷的軀殼蓋一個晚上再拿去燒掉，那是什麼玩意？但為了讓母親心安，我還是按照她的意願做了。爸出殯後，我就收到這個紅封包，內藏一方剪下來的錦布碎，說帶回家放一放就是了，可讓我得到什麼祝福之類，我當然不以為然，帶回家就隨手的丟進抽屜裏。就這樣，這紅封包安安份份的不動聲息地躺在那裏，七年了！

不以為然？輕輕的我把它捧起，輕輕的我又把它放下。

從小到大，老爸就只與我多話。小妹常說，小時候看著爸與大姐談說時評政論，口沫橫飛，他們做小的只能當個塘邊鶴，只有看的份兒，無從搭訕；到各兄弟姊妹都成家立室了，爸老了，變得越來越寡言，不過，有我在場的時候，他仍然比較多話，談興甚高。

爸有些拳腳功夫底子，聲亮音澈，健步如飛，八十歲大壽當天，各子女回家為他賀壽之際，他竟在母親的見證下鄭重地宣告交待，他希望將來如何處理身後事：海葬。面對此時此刻這個宣告，大家都一時楞住了，只有我這個大家姐敢即時拍案叫好！我由衷的佩服，一個書只讀到小三程度的老人，能夠如此的豁達，高瞻遠矚，不讓後人煩擾！我那直來直往的性格，就是來自他。

我一直讓紅封包靜靜地躺著，不聞不問，不想打擾，便讓它就此躺著，直至永遠……

胃痙攣

我基本上沒有胃病，但當我情緒極度緊張或恐慌的時候，我的胃就會作出抗議：痙攣。何謂極度？奔赴試場很是緊張，但未到極度；被推入手術室會恐慌，也未到極度；就在兒子十五歲時隻身到澳洲升學的幾年，我的胃痙攣便會時不時發作。

當年的網絡通訊平台還未發展，只有簡單的臉書（未有Messenger）及MSN的鍵盤通訊，更遑論什麼智能手機，主要還是靠昂貴的長途電話追踪而已。十多歲的少年人，正處於反叛期，難得成了甩繩馬騮，山高皇帝遠，可奈之何？若然某天接到學校舍監的遠洋電話，為母能不慌張？每學期他放假來回澳洲香港，我都忙著替他打點機票車票，或張羅他在當地短期住宿的安排，要從學校宿舍出發回程時，千叮萬囑不要睡過頭、小心證件錢包之類、行李不能超重、飛機是否準時、上機了沒有……等等等等，千里追魂，直至接機一刻才能鬆口氣。若然中間出了些什麼狀況，我只能隔洋發功，遙控處理，還要跟他的行程時刻表競賽，這時候，我的胃就會抗議了。

兒子畢業後便在彼邦獨立生活，十年過去了，已擁有自己的生活節奏，雖不是個會噓寒問暖的暖男，但間中過來我

們的鄉居幫忙剪草洗車，學得了什麼新煮意就帶來與父親切磋演示，父子倆興致勃勃地在廚房裏鑽營弄食，而我只需安坐旁邊欣賞，等著美食暖胃就是了。

＊＊＊＊＊＊

當父母過去了，我要放下；孩子放出去了，我得放手；唯一我還擁抱著的，是老伴。或許，能讓你無限包容的，是親情；要自私堅執抱擁的，就留給愛情吧！

7 友情

81 年 3 月 2 日

下半晚與阿美把臂在校園內散步了句多鐘，聊的不再是感情的煩惱，而是大家的生活面。可喜的是我倆還是滿有童真的大孩子，大家都能從純真的角度去欣賞事物。這一次倒是嘻哈的談天，心情舒爽，就著夜色中的點點情調，已足以引發起兩個少女純真的情懷。現正是杜鵑花初開時節，石級邊荷池畔滿是粉紅嫩白，是進校園以來第一次欣賞得見。兩個人傻憨憨的學做偷花雅賊，各自採摘了一支回房去插花瓶。

81 年 3 月 19 日

近來早餐都定時定候的與同樓層的幾個女孩一起，也頗為開心，每朝早半句鐘的輕鬆談笑，讓整個人也醒神起來，寬懷地去迎接新的一天。回到群體中生活，總比以前一個人孤零零鬱悶著鑽牛角尖好得多，也免得讓那些可惡的傢伙有機可乘！

82 年 2 月 17 日

賢不知在校園那處偷摘了一朵山茶花送上來，表示了他關注到我近日情緒的低落。我實在很感激，感動得差點兒要抱著他，這群幹事會兄弟姊妹著實很可愛，我慶幸是他們當中的一份子。我應該開朗起來，一方面要努力做好本份，另方面要安穩把持自己的情緒，要成為長進的孩子，神會帶領我吧。

82 年 7 月 16 日

昨晚與 PC 組的同學一起吃飯，直聊到凌晨十二時多才回來，心情暢快，有幾個志同道合的同學能夠彼此了解、接受並相互扶持，相信是每個年輕人都在追尋的。跟這一組的幾位同學，大家都性情相近，雖然友誼是在課程設計中催逼而來，開始建立得比較刻意，但逐漸我們都能培養到一種純淨的情誼。我知道我對這些情誼的期望越來越大，跟他們在一起亦可以真情流露，希望最終大家能成為知己，看緣份吧！

83 年 7 月 9 日

前天回大學看大榜，相約了幾個同班樓友姊妹飲茶聚舊，談談近況。我與張的芥蒂已消散平復了，回到以往般的情

誼，慶幸當日我倆能真誠及時化解了誤會，在離開舍堂前保住了三載的友誼，彼此都上了重要的一課。畢業了，離開宿舍，大家已沒有機會日夕相處，只要間中相約見見面，嘻嘻哈哈，聊聊近況，維持君子之交，不就很好了嗎？

85 年 7 月 16 日

剛剛接到學的來信，有一份喜悅。觸憶起以往在大學宿舍生活的日子，那一班人已經各散東西，在社會上各有崗位，偶爾一聚，也不再是往日的情懷了。不過，各人對於往昔在宿舍嬉鬧的生活，年輕的成長情懷，似乎仍留著無限的依戀。不久之將來，結婚的結婚，一個個年輕的家庭將會建立，大學時一起為學業奮鬥的日子、一起為尋情煩惱互慰互勉的時光、宿舍內浪漫不羈的生活……越來越遙遠，慢慢只會變成唇邊偶爾的追憶了。

85 年 10 月 12 日

意想不到接到雷的來信，內裏沒有隻字，卻是他平日剪下的報刊訊息，傳達了他對我的關懷，他還記得我愛寫作！

千辛萬苦才跟他聯絡上，前天與他電話聊了一陣子，知悉他要延遲一年才能畢業，相信他的情緒會有相當沉重的打

擊，聽著他那冷淡沉鬱的語調，實在替他擔心，為他心痛。
很懷念以往我們 PC 六人組，總是很協力齊心的，現在卻
各散東西了，時光不再。

在這抑鬱的時刻仍然記掛朋友，相信他會安然跨越的。雷，
努力吧，努力渡過這個難關。

【老友】

「嗯，得閒飲茶！」？？？！！！

曾經把臂偷花的談心友，促膝夜話至天亮的兄弟，現下人在何方？

三載晨光早餐共桌緣，造就了細水長流四十年，成家、置業、育兒、升職、退休……一路下來見證著彼此生命的成長，平平淡淡的情誼延續著，滿是細膩芬芳。

每早睜眼，手機裏就有一個小小的禱文在等候，那是一萬八千里外的記掛！

天涯咫尺，斷了線的風箏，憑藉著科技平台，有緣的又逐一追拾串連回來。為的，只是多一個問候，多一點回憶。不過，也會碰上遺憾的時候：那深沉的故人，曾默默守護過分享過我人生重要的時刻，失聯經年，原來已經西乘黃鶴去，成了我心底無奈的思念！

五十年、四十年、三十年……朋友的圈子，隨著人生不同階段而變換，或投心、或投緣，時而並肩緊密而行，時而

分道揚鑣，但總有志同道合、氣味相投的與你共走一段路，或長、或短，不需赴湯蹈火，沒有兩肋插刀，更不必陪你走到終點。一聲嗨，一聲拜，彼此的人生軌跡交集、分道、又或再交集，隨緣、樂意，只要享受當中的曾經分享或扶持。

「嗯，得閒飲茶！」話說回頭，我對這句話非常沒有好感。以前跟友人碰面，臨走時總聽到如此一句無限期的邀約，可我曾天真地鄭重地當真的呢！失望過好幾回，我才學曉了原來這只是泛泛之交說「拜拜」的習慣語，心想，為何不直接說「拜拜、下次見」？我倒傻憨憨的一廂情願地當作是一個要實踐的承諾呢！哈哈！

「什麼時候回來？等你飲茶！」
只有到了這把年紀的「老」友，才會真心實意的全天候等你回來一起飲茶！

8 鄉情 - 反璞歸真

81 年 7 月 4 日

日記簿丟開了足足二十天。二十天的生命裏，是許多的見識，一點點的轉變；有說不完的感受，有數不盡的心意。萌起念頭，想以寫作的形式將之記錄下來。

回鄉兩星期，給我一個真正平實的環境，享受夢寐的平靜；加上親情友情的交流，使我整個人都頓時充實豐盈起來，心胸開闊了許多，這邊的煩擾都變得空然無障。

遠望無際的稻田，成熟的穀粒在朝暉斜陽下閃爍著金黃，夾雜著新鮮的青綠；遼闊靜謐的農莊稻海，顯著一份潛在的生機，儘管內裏埋葬著幾許的嗟怨，吹滅了幾許年青的夢想，但對於我作為一個遊客來說，這就是給我心靈救贖的夢境。

稻海的中間，夾道松蔭，在畢直的瀝青省道，騎著腳踏自行車，迎上黃昏涼風，追尋天際的晚霞；沁人心脾的曦露，喚醒沉睡的農村，轆轆車輪，輾開了黎明：趕趁墟、等早市，又一番的樸實熱鬧。與大表哥披星戴月、衝著黑暗、踱著

夜霧，彼此交流著思想，更是記憶猶深。

尋黃昏、踱田園，處身在如此空曠的大自然中，真正感受到自己的渺小，亦感到一個落實的我在，霎時間是如許的豐盈。隨著姨丈表兄表姐到處逛，內心感到多麼的新鮮而又安全。逛學校、遊台城，山色水影盡是家園的秀美，還伴隨著一份溫情。黑夜中大表哥曾問我害怕嗎？我肯定的說不怕；我真的是這樣大膽嗎？在這陌生的家鄉？那只因是我天賦的一份倔強，而當時又真的不害怕，最主要的還是有一位高碩的大哥哥在我身邊。我一直渴求的正是有這麼一位哥哥，給我安全保護，可惜我們水涉山隔，在這邊，我又往哪裏去找到如此的哥哥呢？

與創表哥談話的機會最少，但他那份熱情和溫切的眼神，足以表露他那年青人的衝勁和對理想的追尋。那待人接物的誠懇與寬懷，不禁讓我欽佩，正是我學習的好榜樣。對他的印象最深刻，數度接觸到他那炯炯的目光，似在對我輕說著話、訴著心聲，使我不禁心弦震盪，悠然神往，若然不是自己的親表兄，這將會是多大的誤會！可笑，少女的情懷。

我在想，他實在是我的夢想再現，那一副形質，正是我所祈求的，他出現在我眼前，正是我希望的再次燃點，他使

我相信，在我周圍，會有如此大好的青年在，只要是我的福份，一個仍不知名的他亦會走到我的跟前。我不再否認緣份，從玩碟仙遊戲中我得到一點啟示，雖然我不肯信，卻仍然帶給我一份心靈的平靜，從澎湃的心潮上平靜下來。不再搜索，不復盼求，寧寧謐謐的、踏踏實實地去充實年輕的韶光，在黃金的年華，盡己所能，去追尋生命的意義。樂於造己、也勇於為人。

魚塘邊柳蔭下，吹著消暑涼風，斜臥竹椅，追趕落日靜思；飯後一家親誼促膝閒話，剝花生、說笑話、聚別離。那份溫情，有時屏息享受，唯恐多言損擾了氣氛，表兄姐們那份熱切，炙熱著我心坎每一處。時光實在流逝得太急，一晚一晚的過去，逝去了……只剩追憶。

沖不淡的家鄉情，醺然的手足意。從樸實濃情中走回到這個熟悉的繁囂與瑣雜，有時候會有突如其來的失落感，不過，精神是長存的，哪怕萬水千山！

今年並不虛度，學業成績雖然平平，但在我生命史上添上了刻骨銘心的警醒。等待了一年，抑鬱地待了一年，就是等這個暑假，難得重拾悠閒，要好好整理自己的一切，重新出發，等著的工作多著呢，要熱切起來面對嶄新的生命啊！

【此心安處】

「你從哪裏來？」"Where are you from?"

最近在冰島旅遊時參加了一個當地的導遊團，團中十多人來自不同國度：英、美、加、澳、中、韓、馬來西亞，當領隊循例問到我時，霎時間我竟猶豫了兩秒，我從哪裏來？猶豫，是因為在這種場合，我未想好要如何定位我現時的身份，未想好定位，是因為我有多於一個國籍身份的選擇。

記得小時候，學校裏每個學生的學籍紀錄都有一欄「籍貫」：廣東番禺、佛山、台山、順德、潮州……之類之類，無論你是否在當時的英殖香港出生，還是隨父母移居到港，我們都有認定的父輩祖輩在國內所屬的家鄉。然後，就有「回鄉」探親的觀念了；雖然與家鄉親友平生只見過一兩面、甚或只是初相見，因為有親緣，也就有「鄉情」了。不知什麼時候開始，香港人不再提籍貫了，甚至變成了中國人、香港人、香港中國人、還是中國香港人的爭議。

自上世紀八十年代始，因應中、英兩國爭拗如何處理香港回歸中國的歷史演變，造就了香港這個特殊的移民世代，一家人雖然是單一的中國血統，卻是聯合國籍，散居南北半球的不同國度，各自適應著其安居之地的新生活新文化與新習慣，我們還有家鄉的觀念嗎？

何處是吾鄉？父母從內地家鄉移居香港，我是英殖時期土生土長第一代的香港人，籍貫開平；三十而立後又成為澳洲移民的第一代，但入籍後回港繼續工作生活至退休，還是名正言順手執香港身份證的地道香港人；兒子呢，他初中後直接返澳洲讀書生活然後工作成家，已經成為地地道道的澳洲人了，他的家鄉？或因父母的緣故，還可說是香港吧！他的子女輩呢，家鄉就在澳洲了。原來家鄉的觀念是流動的——此心安處……是吾鄉！

不過，我的國民身份定位，又因退休後轉移生活的落腳地而改變。這幾年，我游走於香港澳洲兩地之間生活，在香港，我毫不矯飾自己是香港人；在澳洲，我也毫不猶豫以澳洲人自許，以示已經融入當地的日常。但當遊走他國，我的身份定位變得有點複雜，我是從哪裏來的呢？

心思意念急轉了兩秒，我有意識地在外國人面前直認了自己是「香港人」，可以想見，我心底的根仍在香港。之後，

我又向來自澳洲的兩名團友打了個招呼，告知他們我也是從澳洲來的，彼此有點他鄉遇故知的興奮，然後，話匣子就打開了。

以前，遊子歸家，望鄉情切；
現在，心安之處，四海一家。

業精於勤荒於嬉
行成於思毀於隨

韓愈《進學解》

9 學業

82 年 10 月 1 日

新學年開課了，學習又正式開始，要玩的也該玩完了。對著新整的課題，也不能淨在發愁，立定意志，提一口勇氣，誓往前走，不怨天、不尤人，這是我的份內事，也是我應該珍惜的生活。難得有這機會進來讀書，享受大學的生活！這是我最後的一年了，應該慎重的珍惜這剩下的光陰。我希望能在今年將功課成績提升過來，更加不能怠惰了。

過了兩年的大學生活，又能住在宿舍，到頭來似乎仍是「身無長物」。真的嗎？回想起來，自己手裏著實已經捧滿了許多：知識、人生經歷、人情……實在非常的充實。雖然沒能實踐到當初想像的浪漫，卻也經歷過不少浪漫的辛酸，就是單身的闖進來，再是形單影隻的跑出去，也未嘗感到遺憾吧。

82 年 10 月 12 日

功課越來越忙，甚至不知該如何分配時間，幸好，今年不再是獨行俠般的學習，每樣功課都需要跟同學合作完成。還好我可以跟同宿舍的同學成為導修組，一方面大家較熟絡，容易溝通互動；另方面又可在夜間作功課討論，不受地域環境的限制，方便得多。正因為有同學一起捱功課，做起來有伴，也有勁得多，興味也上來了。今天頗能夠集中精神研習，只可惜時間不夠用，越來越晚睡，夜深了腦袋卻又昏昏沉沉的，人已睡去了一半，捱不得夜啊。

但願今年能好好的將功課應付過去，最後一年了，應該珍惜享受一下讀書的樂趣。主修經濟、心理學、工商管理，聽起來多漂亮啊，誰會想到我竟是個空心老倌，了無知識料子，多大的諷刺！

83 年 3 月 2 日

三月了，我要開始努力苦幹，得早上早點爬起身來，也得晚一點睡，想起那沒完沒了的功課，人便沮喪了大半。今早就渾渾噩噩的沒做過什麼，午後仍是閒散不已，只顧躺歇、看雜誌，晚上稍好一點，總算看完了一課性格理論。不過，自覺讀書的方法不妥當，只是死啃，根本不消化，

唉！也沒法子，我已到了極限，況且現在所讀的，距離我的理想興趣甚遠，根本就無心戀戰，勉強也得盡力而為吧了。

83 年 3 月 30 日

日子就過得如此的不經意，每日睜開眼便對著書，直至瞌眼，假期也過了大半，默默的數著日子，無奈的一筆一筆一日一日的劃去，再堅持一下，努力捱過這個半月吧，最後的一次考試，最後的衝刺，應該像去年般，懷著積極開朗的心情去預備去迎接這一個挑戰。其實，有機會讀書，有機會考畢業試，原就是一份恩賜，一份幸福，該好好去享受這份成就。

83 年 7 月 9 日

前天回到大學看大榜成績，感恩安然檻過，取了個二級榮譽學位，心願足矣。辛辛苦苦努力不懈，學業上我似乎已到了有心無力的地步，當初的一股雄心壯志已經不復存留，成績只求過了就是，總算放下心頭大石，下星期再回來取個別細分成績，至此大學生涯功德圓滿……

83 年 7 月 15 日

回校領取了今年的成績單，意外之極，成績竟然比去年的好得多，就是那讓我怕得要死的一科也取了個 B，實在喜出望外。念及考試前夕與及期間那份痛苦張惶，自以為必死無疑，現在總算有交代了，早陣子的憂心竟是多餘的呢！

【再讀書】

看著當年的自己對追趕課業的忐忑，不禁抹一額汗；尚幸當時懂得自省用功，鍛煉自我鞭策的意志，練就往後拚搏事業的功夫。

有書讀是幸福的。

這個觀念在我輩很重要。先不說你能不能讀，那年頭，草根階層的女兒，小學畢業後就得去工廠打工養家啦，能夠中學畢業的話實在已經頂呱呱。我有幸生於貧亦樂的開明之家，又適逢香港男女平權開始抬頭的時代，既然考上大學，又得到政府全額資助學費及生活費，父母讓我繼續學業，是他們有遠見的時間投資，換來更豐厚的延後回報。「書中自有黃金屋，書中自有顏如玉」——八股老師如是說，現代術語就是脫貧之路呀！讀大學的確是我命運的轉捩點。

畢業之後一直想再讀書，以掏個碩士學位，就圓個中文學位夢吧，又或來個城市規劃專業也好，再後來只要是文化或哲學之類，滿足一下思想修煉。但四十年下來，總有種

種蹉跎的理由，現實條件只容我一邊工作、一邊兼讀，或是時間不合、或是機緣未到，再取學位的心願已由想變成夢，再化成泡影……這更彰顯出有書讀的幸福！

曾經不甘心自己沒有這個讀書命，看著老伴一個碩士兩個碩士的捧回來，恨得牙癢癢，我卻只有隨工作的需要而作炒雜碎式的短暫課程進修，最多也只是多拿了個學士後文憑，唉，跟第二個學位還是咫尺天涯！退休了，對學位的追尋依然堅持了好一陣子，差點成事的時候，忽然迷惘起來：所為何來？

我願意再次被課業束縛著嗎？
讓教授的要求牽著鼻子走嗎？
讓課堂的時間表控制了我的生活節奏嗎？
我還能一把年紀為功課捱更抵夜嗎？
學生時期的夢魘霍地又現身了！嗚啊！
我—— 不—— 要！！

夢醒了：此時要多拿個學位幹啥？那只不過是年青時對曾經失落了某個學科的孜孜追求，因一直追不到而糾纏著的情意結，甚至乎那只是對學位的虛榮而矣。回到現實我想讀書的初衷，是為滿足我對不同事物、知識的探究，天文、

地理、藝術、人文、政經、文化、宗教、哲學⋯⋯天大地博，
一個學位課程又焉能滿足於我？我正樂於逍遙自在地遊走
於博物館、藝廊、書舍、大學講堂，涉獵日日新的報章、
雜誌、網文，再或啃讀舊著新書⋯⋯

赫然省悟，我現時隨心所欲的雜讀樂狀態，才是我最大大
的幸福呢！

10 考試季節

81 年 3 月 11 日

很悶，真確點，是寂寞。身邊沒有友伴，功課壓得我只想撒手，但又不得不面對。勇敢地、樂意地接受這點功課壓力吧！只知惶恐也是無補於事的，盡力而為！若連這些點壓力也承受不來，將來如何幹大事呢？

81 年 4 月 12 日

站在宿舍六樓外的高台，真有縱身躍下的衝動！我感到周身的束縛：功課、考試、感情、自我……必須咬緊牙關勇於承受，要在這個萬變的年華中掙扎出自己的將來啊！

82 年 3 月 23 日

真不得了，我竟然無心戀戰若此！總是提不起勁，懶洋洋並不用心，了無戰意，太弊了！我的心情沒什麼問題，平實過得去，但那意懶，我卻無從解釋，要從那裏尋來一點刺激，好讓我奮發呢？

別人溫書意興正濃，我卻好像什麼也不曾開始，這個學年要計學位分的啊，時間那堪浪擲？努力吧，各人都在用功了，我何必還在頹廢呢！唉！似乎功課的壓力，使我好像條件反射似的作出了消極的逃避，我可不能如此放任自己。怎能對許多事情都提不起勁來，荒唐！

83 年 4 月 18 日

轉眼又一個星期去了，這些日子，說時遲、那時快，但每日每天，好過了嗎說不上，總就是這麼不經意地溜掉。睜開眼睛，便是對著備考的書本，除了一日三餐便沒有藉口跑離開書枱了。早兩天心情又再壞透，時常都有自我毀滅的意圖；唉呀！我不會去死掉的，只是在壓得透不過氣來的時候，就想從此失去知覺；要哭又不是，笑又笑不出來，有的只是無聲的垂淚。

尤其當遠來陪我的一天，每及黃昏，我便開始魂不守舍，總希望時間就此凝住；當他離去的剎那，我竟變得無力去面對現實，無力重回那磨人的書本上。那份濃重的失落感，加上為考試攻關所面臨的困窘，往往使人情緒墮向深淵，無以超脫。

我一直很擔心今次的考試成績，最怕到終點時只能拿個丟

臉的三級榮譽。但我有何辦法呢？只能克力而為而已。其實我已經比其他人早作準備開始溫書了，或者我對自己的要求太高吧！

85 年 4 月 22 日 又是考試季節

四月又快過去，月復一月、年復年，有點兒覺得人生是納悶的，嘗試去充實生命，也嘗試令每天的生活充滿活力與朝氣。

夏天已來臨，今天見酷熱的氣象，日子就過得那麼的快，高級程度會考正進行得如火如荼。大清早起來，那耀眼的陽光，加上潤濕的空氣，即有一種刺人的感覺，這感覺似曾相識，每見到這種天氣，總有點畏懼，猛然醒起，這是熟悉的考試季節。身經百戰歷過重重考關，一遇上這讓人慵懶的天氣，已經聯想到考試的聊倦磨人，我不喜歡這氣候啊！依稀還記得當年應付會考的情景，可怕！此刻卻輪到下一輩，自己的學生。無論潮流是如何的變，考試卻是人生裏恆久長存的夢魘，唉！

【人生考卷】

哎呀，睡過了頭！得趕快，遲到啦……怎麼一輛車也見不到？

試場就在前面，快跑快跑。

哎喲，怎麼我只穿著拖鞋出來？

（轉…轉…轉…轉…）入口呢？

………驚醒過來。一身冷汗，心還在撲通撲通的響——

呀，又發噩夢，好驚嚇！

離開學校多年，奔赴試場的夢魘仍然冤纏不去——或永遠都去不到試場，或奮筆疾書至虛脫後竟然交上白卷，甚或突然發現自己裸著身子跑在街上亂轉……尤其當工作面臨極大挑戰、或當前境況遭遇瓶頸時，雷同的夢境，在畢業後一段時間，還周而復始地出現！

雖然經過多年考試的洗禮，似已煉成金剛不壞身，大學畢業的門檻都跨過了，怎會想到，往後職場上打滾的日子，工作的繁難更是日新月異，無日無之：作業卡在樽頸、追趕死線、面對刁難客戶、上司無理逼迫、迎戰職場政治、又或發覺自己根本能力未逮、硬著頭皮硬要接招時……千斤墜嘗以十倍甚至百倍的力度壓頂下來。

活了半生一甲子，看到人生百態，嚐盡人間五味，人生的考卷，又何止於職場？當中不乏小考、中期考、大考，考題更包羅萬有：柴米油鹽醬醋茶、婆媳關係、事業與家庭的平衡、夫妻相處、年度的驗身報告、身心社靈如何安頓、甚至只是能否安居睦鄰 ……都在考驗著你的人生智慧與能耐，有時尚可以應付裕餘，有時卻要硬撐過去，真的闖不過？咬一咬牙，繞過彎子，柳暗花明又一村。

忽然想起身邊一個長輩，年輕時確實際遇坎坷，當日的人生中期考「肥佬」了，有點自暴自棄，弄得家庭支離破碎，朝不保夕，做其子女只能自求多福。到得晚年，尚幸子女仍對她關懷照護，物質不缺，總算可享晚福吧。可惜的是，不知是否一生的執念不去，她總在有意無意之間天天與家人製造矛盾張力，讓身邊所有人苦惱愁煩，日子不得安寧，旁人看著也覺難受，臨到人生大考了，再又要「肥佬」？唉，對不起，我憑什麼可以論斷他人呢？

執著？放下？
一個人活得暢快不暢快，可能只是一念之差。

這讓我怵惕戒懼，常提醒自己，放開執念，「凡事包容、凡事相信、凡事盼望、凡事忍耐，愛是永不止息。」（《聖經》哥林多前書 13:7-8 節錄）。

人生大考，誰能給我論斷？

人生路上，滿是丘壑，面對高山低谷，走過來了，方才明白，人在這世間有諸多的局限，或個性使然、或能力未及、或環境制肘，我不是不盡力啊，好幾回我越是盡力，越覺苦無出路，最後唯有放開手，沉靜下來，謙卑地把事情交托給我的造物主……然後，豁然開朗……

兩岸猿聲啼不住，輕舟已過萬重山。

11 愛的訓練

學生輔導員訓練與自我成長

82 年 7 月 11 日

轉眼高壓的訓練營完結了，兩天來的經歷、感受及其中的個人突破，是我生命裏一個成長的轉捩點。當中的淚與笑，課間激起的思潮起伏，對自己內心的探討及剖析，每一個環節都那麼刻骨銘心。

今天進行的活動是跟自己的組員同組，讓彼此建立更多的了解與關懷。在 Ida 的帶領下，我們沒有拘泥於男女間之忌諱，活動上的身體接觸都純粹是為了建立關愛與信任，就如兄弟姊妹般，情感上及思想上都做到互相扶持及信任，感覺是溫暖的、新鮮的。今天在活動中我又哭了幾回。

這一次入營，我早就立定主意，要盡量抓緊機會去探討及深的自己，豁出去以感性行事，不要受理性意志的牽制，讓情緒自由地釋放，任由心中的鬱結與不安盡情發洩，我相信我做到了，只是會為自己的任性表現有點難為情。

無論如何，我要學懂如何感知自己內在的情感，區別出理性與感性所支配的行為，更了解自己的內心，並學著如何去調適它。

82 年 7 月 12 日

回想這兩天，在活動中我真的很任性，但這亦是我這次學習的重點之一。在日常生活中，我根本沒有機會去任性妄為，很慶幸開始有新的突破，誠如 Ida 所說，我的突破只是個開始，我要勇敢地去面對自己，面對將要發生的事，預備如何去直面愛這道課題。

我知道我會自私、嫉妒、貪婪，但我亦要學會自制，明白並接受自己的短，就知道如何去改進；同時，我亦明白到我很渴求親密的愛的感覺，雖然爸媽都很疼我，我跟他們的關係亦算不錯，但他們對我的支持只限於精神上的，自小給我攬攬抱抱的接觸著實不多，成長中我就是缺乏了這種親暱擁抱的經驗，故此外表總是表現得冷冷的，不懂得如何去表達內心對人的關切；現在，我知道了原委，就得從新學著去表達。

82 年 7 月 14 日

經過 PC Marathon 後，對友情與誠摯的表達有新的體會，
我會更加愛惜身邊的朋友。這個暑假我肯定會過得很充實，
我會努力，努力改進自己，成為一個身心更平衡、性情更
平和的女孩，更要懂得如何去愛。

【抱抱】

課程維持了半年，心理學、輔導學、情緒管理、人際關顧技巧等等的理論學習與技巧訓練，對成長中正在探索自我的我來說，過程中有著震撼性的開竅感。不過，畢業後，當中的理論與實踐久而久之就拋諸腦後了，對人對事，依然故我，順著自己的性情行事，唯一讓我起著改變、並影響我往後待人處世的一個關鍵行為，是「肢體語言」表達這課題——當時學習小組在導師的帶領下，會互相學習身體接觸時可傳遞的訊息：友愛、體諒、勉勵、支持、理解……

猶記得其中一個環節，讓我有一刻腦海裏浮現了一個溫馨的畫面——四、五歲的我，午飯後，捲身在客廳的木條椅上歇午覺，朦朧中聽到父親吟哼：「傻妹頭，睡在這裏不怕著涼了？」繼而感到父親把我抱起帶到床上去。此後，我每天都刻意在木椅上裝睡午覺，好讓給父親抱抱……

課程以後，直至今天，跟身邊友人見面時，我會不自覺地或多或少的與他們多了些肢體接觸，以表達我對他們的友善或關顧；在工作場合，常與不同國籍的同事及客戶交流，亦欣然接受西式見面禮的擁抱親頰，不感覥覥；兒子小的

時候，我更常提醒自己，要多多的給他擁抱，以讓他感受到我對他的親暱關愛，到他長得比我高時，我則不時借故要他把肩膀借給我挨憑，以保持親近感。

幾年前在父親的病榻前，我終於鼓起勇氣，把他那抱抱的回憶說給他聽，只見他那困頓的病容底下，嘴角微微上揚露出一絲笑意；跟他作人生道別的剎那，我哽咽無語，只能伸出雙手緊緊地捧著他那乾癟的面龐，希望他最後仍能感受到女兒手心的溫暖……

12 反思・再出發

青春的意義

81 年 8 月 28 日

心湖上的漣漪已經完完全全的平息下來，以往情感上的憂悒亦已一掃而空。雖然重踏曾與他同行的路徑，是一點點的悵惘，卻不能再挑起絮亂的煩思；一幅熟悉的情景，已經是那麼的遙遠，遙遠得面目模糊。迎面而來的，是前景帶著的繽紛希望——滿天爛漫的彩霞，染紅了天、也染紅了粉臉；還有山下遠遠的船火、對岸點點的霓虹。面前是一片光明，無論白晝黑夜，都掩不住心底璀璨的希望和理想。

現在的生活倒很充實，充實的生活就該出點勞力，揮點汗水：白天返暑期工賺零用，晚上就為宿生迎新而忙，為自己的興致而幹。雖然有點疲累，但年青人的朝氣與幹勁總有個去處吧，若然一點辛苦也捱不了，怎可算是年青過？一點雄心也沒有，生活又有何意義？不要避嫌辛苦，努力幹吧，我要正面地去承接一切的考驗與挑戰！

81 年 11 月 9 日

開課以來，一直都忙著趕書，或奔走於舍堂的工作，生活是充實的、豐盈的，心情開朗的時候多了，心境更為平實，這對我的精神健康，有了很適當的平衡，使得更能專心一意用功。雖然辛苦，卻是萬般情願開心，不用再被其他煩惱所糾纏，算是達到了我的心願。

一直警醒自己，這兩年無談戀愛的必要，妄墮情網，反而糟蹋自己，浪費難得的青春，這時候該踏踏實實地做事、發掘自己的潛能、開創自己的人生方向，這才不負青春，何必放縱自己去鑽牛角尖呢？

最可喜的是，我今年做過了宿生迎新，工作表現得到別人的認同讚許，也給我帶來真摯的友誼與信心。可惜這星期太多功課了，答應了的工作卻被拋諸腦後，一直心感抱歉。或者，這兩篇功課很快可以應付過去的，無需太介懷，盡力而為吧！

81 年 11 月 25 日

昨晚在六樓開完會後，竟然又跟幹事會一班人到街上去吃宵夜。回來後大家仍不肯回去睡覺，聚集在石階燈下觀星象，拉拉扯扯的一大堆笑話，直笑說到差不多深夜四時，才施施然各自回房睡覺。今日醒來精神不振，昏昏沌沌，不過心情是舒爽的。

這些漫不經意、放浪又活潑的群體生活，是舒心的；幾個心性爽朗、肝膽相照的年輕人，不論男孩女孩都不需要避忌，談笑自若，在無人干擾、寧和的夜色下，聚在一起越發不想散去。這群可愛的青年人，著實吸引著我——做起事來有分寸、有衝勁；玩起來沒機心、又可盡情的開懷。

我捨不了六樓，捨不了那精靈搞怪的氣氛，這感覺越來越強烈了。去年我竟對這些歡樂不屑一顧，讓青春的時光沉淪在無邊的幻想中，痛苦地埋在書堆裏。為了取得較好一點的學業成績，值得嗎？當然，好好地讀書是我的本份，但我應該掌握更好的學習機會，並妥善平衡身心。現在我似乎找著了方向。

大二學年的學習與成長

82 年 5 月 27 日

一個學年就隨著考試的完結而逝去，快得令人驚訝的日子，我在大學裏轉眼便浮沉了兩載的時光，經歷的竟是如此的豐富。去年的悲痛，造就了今載的怵惕戒備，但我畢竟已經發掘到許多應走的路——今年我盡能力去突破自己過往的形象與性格，是一個豐富的收穫年。一直都心情開朗、情緒穩定，偶爾在平靜的心湖裏掀起的微波，只可作為生活中的一些點綴。不難想像，我現在是個開朗活潑、而又斯文可親的女孩，將過往天真狹隘的情愛擴展到廣博的友愛裏，我所得到的回饋是意想不到的，此刻我擁有平衡的情緒與健康的心靈。

這一年，我成為了冠軍樓主、當了宿生幹事會副主席、成了基督徒……做了玩了年青人世界的事與玩意；朋友多了、自己玩多了、笑多了、也鬧多了；讀書也挺愉快的。過往短暫的失心痛苦，竟激發了我積極地發掘到自己幸福的泉源。以往我不知該感激誰，只認定是自己的幸運；現在我卻知道，是神的恩典，感激我的天父，感恩！

我曾經刻意的抑壓自己，極力要避開感情的牽涉，我真的在努力。畢竟，我是個年輕人，年青的蠻勁拼發起來猶如水銀瀉地，曾經遭遇挫折的心靈雖然不再單純幼稚，但是，我似乎還是會甘心墮入這個漩渦，走著瞧……

82 年 9 月 23 日

暑期工終於做完了，可以盡情地享受僅剩餘的幾天暑假，那份悠閒，夾雜著舍堂迎新的歡騰氣象，使我不想再多花心思去想開課的事了。雖然我要對未來一年的生活做個周詳的計劃，也許先讓我休息、安靜、浪漫一下吧！

今天的天氣委實可愛，晴朗而不悶熱，清爽怡人，看看日曆，原來已屆秋分，秋意盈盈的一股溫爽，確認暑假真的過去了。這是我最後的一個暑假，我總算沒有呆過去吧。

數算一下，這個暑假，我放開了自己的懷抱，作著大膽的跨步。我第一次背包式與同學去大陸的夏門杭州旅遊，那是文人墨客傾慕之地，滿載詩情畫意；我取得了學生心理輔導員的證書，學了不少人際互動技巧及處世待人之道，還興致勃勃地預備好自己去扶助身邊的友儕同學，初心猶在；了卻心願去了學游泳，雖然還未真能一蹴而就，這已是一個好開始；暑期工返了兩個月，除了賺到整學年的生

活費外，還實在的學了些市場推廣技巧，並訓練了自己在工作上如何應對陌生人，希望這個體驗也能替我將來的工作鋪路。

接下來最後一年的宿舍生活，幸運地能住進了單人房，真的很自在寫意，不過我要警惕，不要就此放任自己孤僻的性格滋長，否則便會與世隔絕了。

在情感愛戀上，我仍未有新的突破，尋覓與被尋覓的煩惱接踵而至，要不斷的學習如何應對處理。究竟要到那一天，我才可放心安定下來呢？

兩年間的生活體驗實在很多，無論是實在的生活經驗，抑或是情感上的波折歷練，都給我人生的成長邁開一大段的路，從一個稚嫩鄉土的姑娘，鍛煉成為堅強自信的少女。放開懷抱，爭取享受目前吧！

三年舍堂生活的總結

83 年 6 月 16 日

累了大半天，書架已收拾得空空。書本本就是學子的靈魂，眼前空白的書架，使我有點慘不忍睹，那顯現的落寞、失意，讓整個房間都霎時變得慘淡失色，讓我更不願戀棧這個變得不完全的地方，真有點後悔這麼早便收拾了書架。

將要離開住了三年的宿舍，脫離三年過去的大學生活，卻沒有任何傷感，反而，面對此刻枯燥乏味的生活時間，還想早點溜掉呢！對這處我好像已沒半點留戀。

三年來，得失根本無法計量，得到的當然珍貴，卻也讓我付上不少代價，自願的、非自願的，流過多少淚！在學問上、人格上、感情上、……所淘得的不能說不珍貴；失去的，也不能再為之神傷。畢竟，三年的時間不短，當年我是帶著幸福走進來，慶幸現下還是抱著滿心的幸福離去，中間的得得失失，也無必要再去計較了，此刻的我，已經是最幸福的人。

但願我仍然保守著自己的德性，珍惜得著的愛情、友情、學問、知識與歷練，去開展更好的未來人生。

83 年 6 月 23 日

搬回家來，幾天的時間都很快便過去了，雖然同樣是無所事事，卻不像在宿舍裏那樣死寂沉悶，也不用憂慮如何去討好、去跟別人相處，三年的時光已嘗夠了遠居的自由自在、或當中的困頓苦惱；現在，頗有回巢燕的那份平安，只要我能慢慢習慣這個酷暑的氣候，便能漸入佳境了。

過了三年都市化的大學生活，現在就有點返璞歸真的意味，對於過去幾年的成長經歷，總好像在失憶症中消失般，每當嘗試去回憶、去檢討，但那昨日的事，竟像千年前的古蹟般，不太挑起我的興致，打開相簿，也只有淡淡的情懷，曾經使我心靈熾熱過的三年，此刻居然感覺心淡如水。

不過，還是有值得懷念的時候──那是二年級時的一段宿舍生活，萬萬想不到，一向欲逃世避俗的我，當年卻毅然縱身跳入了宿生會的渾水中，意外地帶給我一段最有意思的時光。這個，是意外的收穫，也時刻讓我想起，要感激遠這位引進者。同時，我們也是憑著這個聯繫，讓他走進了我的生命。

【活在當下】

閱讀著當年青蔥歲月的紀錄，重溫那少女時代的幻想愁思，便不敢再胡亂批評年輕人什麼少年不識愁滋味、什麼強說愁之類的失心話，每個人生階段都是如此的真實，感受都是當時的全部，需要被尊重理解鼓勵。

當年學著獨立、學著成長，青春的時光百味紛陳，時而甘甜、時而苦澀，然而懂得反思，鞭策自己前進。我是多麼感恩，有這樣一個年青的自己，造就這個「我」到達此刻的彼岸，涼風習習說著「活在當下」的風涼話。

能夠舒心的活在當下，我總相信，是有前因後果的，而且，重點是「舒心」。

年輕時，前面的路是多麼的新奇刺激，永遠向前衝，但會懂得適時反省、定標、校正、再向前跑，才能跑出正路來；成年了，白手興家之餘，上要贍養父母、下要培育子女，是滿肩的責任，負軛前進，更需懂得瞻前顧後，並適時創造條件準備退休後著；到退下火線，一切篤定，此時受惠於年輕時懂得自強不息，中年時有智慧地鋪墊籌謀，財務

住房生活各方面都安排妥當，剩下的功課只是如何持恆維護自己的身心社靈健康。至此，我便可以大言不慚地說：我要活在當下！

這不是太過傲慢自大了嗎？君不見多少人同樣地、甚或比我更努力，卻依然潦倒一生，又或人生未及半途已被召離場！我開首就提到，我此時談及「活在當下」的狀態，是風涼話！是的，我承認，我是幸運的，直至此刻，命運對我是有所眷顧的，我才能夠平平安安地按計劃完成那人為的籌謀，無用我再顧慮明天，安享我的當下。然而，若果我沒有付出前半生的努力呢，又能否安享當下？老實話，我不相信我會有更大的幸運讓我不勞而獲。

保羅向提摩太說的兩句話浮上心頭：「那美好的仗我已經打過了，當跑的道路我都跑盡了。」至此，我在職場上的仗已經打過了，生活的標杆已經到達了，人生的責任亦都完成了，尚幸我這年近黃昏的生命仍然絢麗璀璨，我這一刻的呼吸，都是恩賜，盼有明天，並非必然，但我可以心無掛礙地說：讓我活在當下！

近年，很多人都掛在口邊說要「活在當下」。年輕的說，年長的說，老人也說，不同階段，似乎都有不同的當下活法……

船到橋頭自然直？今朝有酒今朝醉，明日愁來明日當？

年輕人說活在當下，是否虛妄無知？
成年人說活在當下，會否不負責任？
老年人說活在當下，但願是因為修成正果。

而立

13 事業開展

82 年 10 月 17 日

想到了畢業後的工作，我真的開始感到徬徨。抱著半驚惶半好奇的心情，毅然想到不如去投考警務督察，形象硬朗人工高，以大學畢業的履歷，說不定將來還有好發展；但明顯地，朋友圈都不能相信一向溫文儒雅的我會轉換向這個形象，聽我說起都投來詫異的目光。

男孩子似乎更不大接受女朋友或將來的太太是警務人員，遠在話語中透露了，希望我找份安穩的銀行工作、或許是學校教職。我一向不大願意去教書，怕生活圈子太狹窄了，但我似乎受到他的影響，今天我竟然想到跑去教書算了，安心做個歸家娘。

83 年 9 月 1 日

今天是中學的開學日，我的事業生涯正式開展，我必須調整好心情，積極地去迎接自己新的人生里程。正式上班的第一天，一切都顯得有點混亂，這是學校安排的不善，並非我的疏忽，總算是勉勉強強的應付過去了。

第一次當起教師，走進班房，多少有點緊張，相信還需要一段時間去適應，但我深信我能勝任的。面對一群外表文靜、但又被標籤為「曳學生」的嘩鬼，不知後局將會如何發展，我立志去扶助她們，但願在我的熱誠及愛心下，可以將她們的頑行劣蹟扭轉過來。

明天才開始正式上課，我還會面對兩班年紀跟我相若的預科學生，我與他們只相差兩、三歲而已！希望我有能耐與他們建立亦師亦友的師生關係。我已準備妥當，應可應付餘裕，最重要的是讓自己建立信心！

83 年 10 月 11 日

天氣漸漸秋涼，乾燥而清爽，最令人舒暢的日子。而我卻終日埋首於書本堆中工作，以往是學生身份，此時卻是名名正正的老師，工作的壓力很沉重，不再如昔日學生時代般的優閒。

不過，我對這份工作還是有份莫名的喜悅：雖然有時為著學生的反應不佳而致情緒不安，亦有為著沉重的壓力而嘆氣，但這份工作使我切實地感受到自己的力量。工作雖然辛苦，但有一定的自由度，不用多看上級的目光，也不用

愁煞跟同事們的關係，只要抱著自己做人的宗旨，光明磊落，便能真正使人信服，工作上可得到相當的滿足感。

教育是一個造就人的工程，也是與人互動的工作，但不用阿諛奉承，卻必須有樂天歡愉的性情，才能使學生桃李春風，這也是我的使命，也警醒自己時刻要提起精神來，積極面對生命呀。

83 年 10 月 24 日

子夜時分過了，我還要盡快預備好中七課程的筆記。面對太艱苦的工作，有時心理上會產生逃避的念頭，但我一直都很勤力、很認真，應該可以對得起自己、對得起學生；只是，這是我教學工作的第一年，在毫無經驗、毫無先例可循下，我頗感吃力，總又怕吃力不討好。幸好教師工作的自主空間已經很大了，就如我作為學生的時候，自己可以隨意運用時間、安排自己的工作，這是一個令人喜悅的感覺。

84 年 10 月 23 日

秋風送爽了，工作卻是無了期的日復一日，每日都忙於批改作業，總還是沒完沒了；幸好今天不用如去年般永遠要

奮力備課，卻苦於近來並沒有足夠的時間多看書。訓導組的工作霎時間加諸我身上，辛苦經營一年的和藹形象都維持不了，近來常聽到一些流言蜚語，處之泰然吧！總不能要求每一個學生都喜歡我的。

或者，我可以改變一下對學生的態度，一方面要保持嚴正，堅守原則，但平日跟學生亦可打成一片，只要他們明白我對他們是愛護的，便足夠了，亦不難成為成功的老師。在這裏，我就讓自己奮鬥十年時間，足夠吧！到時候，便得另找出路了。

84 年 12 月 11 日

頭昏腦脹的一天，訓導處遇上一些麻煩瑣碎事，儘是開會，又要罵人，連空課堂都用盡了，令人有點煩亂。不明白為何我竟不太投入這樣的工作，或者原本的工作已經太繁重了，無法再有空餘閒心來照顧額外的工作量；訓導本就不是討好的工作，處身於不同資歷的同事之間，也讓我有點張惶；再加上各人對校長的處理手法那麼反感，而我作為一個新小薯，要夾在他們中間去執行職務。唉！當初那股沸騰的熱血，漸漸的冷卻下來了。若非看在這裏的前途美好，真想轉換環境去了。

想來，我將會在這裏一直耽下去，要多少時日？十年為期吧，會否太長？用五年時間建立基本成績，以求升職，再五年的發揮期，然後，尋找新的考驗去。那時，已經三十二歲了，我還走得了嗎？一天在此，就盡量去做吧，難得的機緣，難得校長的欣賞與提攜，這是我在學生時期積聚下來的福德，努力吧，我也不想辜負。

【我的滾動世界】

古諺的智慧：A rolling stone gathers no moss. 滾石不生苔，轉業不聚財。意即白滾、白做。

現代的智慧：A rolling stone gains a certain polish. 滾石得到琢磨，才能圓滑光亮。是鼓勵跳槽？

先來給自己結數：畢業之後工作了三十年，當中輾轉服務了十二間機構，初出茅廬當中學教師一做五載，另一份顧問咨詢師的工作算是最長情了足足做了九年，餘下十六年間便跳了十個槽，換句話說，平均每間機構呆不上兩年，其中最短命的只做了五個月！尚幸所有的槽都是自主的挑自主的跳的，沒有執笠收檔的個案。我的工作一直在變換——變換公司、變換行業、變換地域、變換企業文化、變換工作模式，總之，「變換」便是我事業上的永恆操作，直至五十五歲我選擇提早退休為止。

撫心自問，我並沒有過度活躍症啊，相反，性情上我頗為深閨，若非必要外出，我情願窩在家裏靜靜地過日子；工作上如無需要與人打交道，我多麼願意一個人一壺茶一整天不用說一句話。我亦沒有自閉症啊，那究竟是怎麼一回事呢？

回看初出道時，原來已曾暗定目標，願望是最多花十年時間於造就人才的教育工程上，待自己的能力基礎紮實了，便往外尋找未知的新領域去；結果我只在學校待了五個年頭，就轉跑道了。之後，在事業定義上我其實都很專注，無論如何變動，我還是圍繞著「企業人才發展」這個範疇鑽營。不過，我總在一個工作環境熟練後，便感到沉悶，不再找到發揮的空間，又或每日只是營營役役，能力不再有提升的機會，我的動能隨之喪失了，心思就開始躁動，思考轉變，再付諸行動，似乎，我只有在變動中才再重新得力。

我在滾動中學習到應變，在轉換的環境中得到磨練，積累的知識及經驗打開了我的眼界，所有這些歷練都變成了我職能上的優勢。十年磨一劍，終於，在我職業生涯最當打的黃金期，進入了一家美資的跨國顧問公司，成為了亞太區域的資深人才發展顧問。

這工作顛覆了我的慣常。因應各項專案，我游走於不同行業、不同文化，與跨地域跨語言的企業客戶群打交道，沒有固定工作場所，今天在客戶辦公室，明天在酒店會議廳，每天睜眼要想想當天該到那裏上班，拖個行李箱奔赴機場只是日常。如此狀況實在與我的內向性格相違，精神壓力匪輕；但新鮮感是我的興奮劑，同時得享總公司日新月異的研發知識與技術，讓我的能力得以不斷伸展提升，並實

踐應用於客戶的企劃培訓，我成為客戶眼中的專家，那滿足感與自豪感足以抵得住那無以尚之的身心壓力。

似乎，我終於在這無腳小鳥般的作業環境中找到了安身之所，從朝朝暮暮的奔波中找到了我事業上的定海神針，這是一個多麼矛盾的平衡啊！竟然讓我就此穩定下來足九個年頭。此後雖然我再換了兩家公司，工作性質仍是雷同。

不過，十五年如此奔波的生涯，實在太累了，夠了，圓滿了。趁年華未老，體力尚有點剩餘，毅然提早退休，希望還來得及享受我期盼的第二人生！

上善若水
水善利萬物而不爭

老子《道德經》

養性

14 跑步

81 年 10 月 30 日 - 12 月 30 日

（在日記內開始出現斷斷續續的有關跑步的點滴記錄）

……該保持早睡早起，明天要起來跑步。

……我愛上了晨跑，雖然仍未很習慣，有點累，這卻是維持我的精神健康的妙法。

……今晚既然沒有心情繼續溫書，率性早睡，明早起來跑步，有一段日子沒有跑步了！

……明早要早起來，彌補今晚早睡的時間。許久也沒有跑步了，希望天公做美，提起精神，早起來跑跑步，一切的感情煩惱都要拋開掉！

82 年 8 月 13 日

早跑回來，吃過早餐，一清早的時間便去了，不過，對一個休閒的大學生來說，這是適意舒暢的。雖然我總有做不完的事務，事事都像要急需解決，但每天早跑讓人心情開朗，神采飛揚！

82 年 9 月 1 日

昨晚跑步來了一個突破，黃昏跑了去密林中的石板路，沿路鬼影也沒一隻，一方面忌怕著天色漸晚，另方面卻又想考驗一下自己的能耐。中途忽然碰到一位男堂友向著同一方向跑，彼此並不認識，只有印象是同宿舍而已，互相交換了一個眼神算是招呼了，既然有多一位同路人，原先恐懼忐忑之心也忘了。我似乎要逞一時之強，一口氣快跑了二十五分鐘沒停過下來，對方也只有緊跟著跑的份兒，心底暗地裏沾沾自喜。不過，此事可一不可再，若只是自己一個人，黃昏跑在濃蔭蔽日的石板路上委實是有點怕人的。

85 年 4 月 17 日

經過個多月來霧濕的氣候，天氣逐漸回暖了，意味著夏日的來臨；溫濕的春日，確實令人有點厭煩，黏黏濡濡的，讓人的衝勁都黏濡起來了；多麼渴望溫暖有陽光的日子，也是個讓人活躍的日子啊。

決定每朝起來重新跑步去，重溫以往大學時代晨跑的片段！以前總是帶著一顆自傲的情懷，去享受那充滿朝氣活力的陽光氣息；廿一、二歲年少的韶光，抱著一身藍采跑在晨曦的半山上，的確給我存下了浪漫的一頁。轉眼間畢

業也有兩年了，工作一直晨昏顛倒，跑鞋已被棄置冷宮多時了，現在還算年青吧！若不趕快起來再跑， 那十分的青春活力，也就漸漸被無情的工作重擔吞噬去了。

【晨跑】

六十歲的阿婆獨自往街上去…………跑步！這是個什麼樣的風景？

換上跑衫跑鞋，有時攬鏡自照，思量：我像個六十歲的阿婆嗎？不是像不像的問題，根本就是！！我還保持著當年的窈窕身型呀！後腦瓜子仍然揮著馬尾辮子呀！只是，那原本倨傲的眉梢眼角，英氣已經沉澱了，寬容了，嗯！是臉皮寬鬆的寬呢！跑在路上，仍覺活力十足，只是，膝蓋時而會投訴一下，關節間竭地鬧鬧彆扭；或跑或走，仍然神清氣爽，卻不再氣盛逞強，只能按著自己適意的步伐，氣定神閒地完成當朝的功課。有時晨跑回來，屋苑的保安叔叔衝著我招呼：「陳太，晨運回來啦！」一楞，怎麼是晨運？你沒看見我這身戰衣嗎？我是晨跑啊！呵呵！晨運、晨動、晨跑、晨操……不都是一樣嗎？！

早跑回來，吃過早餐，一清早的時間便去了，不過，對一個休閒的退休人士來說，這是適意舒暢的……早跑讓人心情開朗，神采飛揚！——這一段文字好不面善呢！不就是我在82年8月13日的記錄嗎？真好，由大學生變成退休

人士，早跑的感覺仍然四十年如一日。同樣四十年如一日的，是意志與懶鬼的角力，每到預定的晨跑朝，總要在床上掙扎一下今早要不要出去跑步！幸而，現在多了個「晨行太保」一同出門，可以互相鞭策，意志因而仍然佔著上風。（註：老公退休後開始健走運動，他的急步行比我的慢跑還要快，友儕就給了他「晨行太保」的封號。）

回想當年，為了要給情緒壓力找出口而開始跑步。四十年下來，因著工作或環境的轉換，中間雖然跑跑停停，但這個晨跑習慣，卻陪我在事業路上跨越了幾許的工作壓力；跑著跑著，心神放空，中間就會靈光閃現，得到新的意念、新的解決方案！那鍛煉得來的意志力，更使我受用一生。

一個倨傲的陽光少女跑在晨曦中的畫面，是我人生裏一頁浪漫的回憶；一個從容自若的花甲阿婆健走在晨曦中，也是一道靚麗的風景！

後記

晨跑的規律，對於我創作這書，也起著很神奇的作用。去年，我開始漫不經意地憧憬，我會否擁有一本屬於自己寫的書？要寫什麼？怎麼寫？心思意念一直在轉動，但無什啟發，不了了之。似乎，念念不忘，必有迴響……

早跑如常，心念放空，跑著跑著……突然有一朝，靈光一閃：我不是曾經憑藉著自己的日記而贏得徵文比賽的獎項嗎？有著落了！

有時注視著半途未就的篇章，苦惱著怎麼寫下去呢？又或寫了一篇初稿，還在抓破頭皮字斟句酌的時候，跑著跑著……一瞬間靈感閃現了，還得要提醒自己：唸著記著，不要轉頭回到家就把新意念忘掉了！

構想書名、標題的時候，有一段時間，無論對自己如何苦苦相逼，總找不到能貼切表達心底意念的詞彙，唯有暫且放下。隔天在路上，跑著跑著…… 一個轉念，有了！

就這樣，我源源不絕的創作靈感，許多時就在早跑的時候，霎時間跑出來了。

15 【書法補遺】

寫書法,是我從小便感覺自豪的生活素養,大學時住進宿舍,紙筆墨硯仍然帶在身邊,閒時取來塗寫一下,自娛自癒,漸成為我年輕時生活的文藝部分。不過,當翻看年輕時的日記,「書法」這項生活環節竟然沒有片言隻字的席位。但這個興趣修煉,是我現下退休生活重要的一環,不得不在此補遺作個記錄。

我自小便被父親督促寫字。父親雖然只有小學三年級的程度,但他寫的字方正得體。還記得我小學五、六年級寫家課作業時,若他在我身旁經過,總很著意批評我的字體:執筆不正確、筆劃無力、字形不夠寬、字寫得太細小鬼祟……每次我都被批評得體無完膚,非常沮喪,但又怯於父親的威嚴而不敢駁嘴,唯有一邊暗暗抹淚、一邊把功課擦去再寫、寫、寫,小手再加力,字體再放大……日子有功,漸漸聽到他正面的讚美了,開始自發用功寫字,我也慢慢掌握到字體審美的尺度了。

寫到中一,我竟然自行加功課,每日抄書一頁,鑽研字體,再交中文老師評鑒。這時候,我的字已寫得比同齡的孩子超脫,也時常得到老師的讚許,常被老師欽點在班上寫黑

板筆記，那是多麼令人艷羨的表演機會啊！我的粉筆板書就是這樣練回來的。從硬筆寫到毛筆，我愛上了書法，不過，以兒時清貧的家境，那敢多花費金錢在這些「無謂」的學習上，只能閒來亂寫，隨性自由發揮，無師自通，那當然不很通了。直到中年事業衝刺，時常頻撲出差，工作壓力在爆煲邊緣，反而讓我扚起心肝找個老師認真地學寫書法，以調和身心。最後，臨近退休之年，更正式進修大學校外課程的書法文憑課程，以償心願。

回顧半生歷程，寫得一手好字成為我能力展現的一個優勢，無論在考試、見工、見客、做培訓，都因有一手好字而被另眼相看，得到加分。能不感激父親當年對我的督促嗎？亦得感謝當年的自己培養了這份情操，留給晚年的我一份持恆的驕傲。

現在，日常執筆練字，修心養性，與世無爭，是另一種內觀的修為，心靈滿足，幸福感滿滿！

16 寫作夢

81 年 8 月 17 日

這幾天在公司裏都閒著，今天一口氣看了許多篇短文，心裏就有一股要寫作的衝動，希望自己能利用現下暑假的空檔，好好地磨練自己的寫作技巧。其實，我並不太注重什麼技巧，反而喜歡流暢自然與樸實的筆觸，讓情感更易於真實地抒發。一直有個念頭，希望將這一年難忘的感受形諸筆墨，將個人難於宣洩的心聲表諸文章，且看何時能夠實踐吧！現在我能養成寫日記的習慣，乃拜這一年澎湃的心潮與遭遇所賜，也希望這股能量讓我的寫作潛能爆發。

81 年 8 月 19 日

今晚我又刻意去重拾與他走過的路，在曾經倚著我倆款款深談的欄杆上略為憑弔。就這樣，讓清風吹散我的愁緒，撥弄我的長髮，再重新牽起那輕逸的笑臉。過往的一切也就如煙去了……我真的渴望把這經歷寫章短篇小說，又想將上月在鄉間的遊歷感受揮諸於筆墨。暑假還只有一個月，這些晚上除了開會外，我能否真正坐下來寫些什麼呢？

81 年 11 月 15 日

舍堂的太古節又過去了。一星期來的憂慮辛忙在歡天喜地的玩鬧中結束了。很意外，九樓竟連取七個冠軍！作為樓主，最開心的莫過於見到樓內高昂的團結氣勢，大家都玩忘了形，卻帶出了那長存的投入感與互勵精神。

更加意外的是，我竟然奪得了舍堂徵文比賽的冠軍！舍堂內的中文人應該潛龍伏虎，大好文章，比比皆是，現在卻由我這個非中文系的舞墨者掄元，實在喜出望外，使我對寫作的信心又大增了些。

83 年 1 月 6 日

今天收到通知，我在「大學人」徵文比賽中得了散文組季軍，真有點意料之外的驚喜，原本打著輸數投稿的，竟又讓我中了，是一陣子的興奮，使我對寫作越來越有信心了。

83 年 5 月 25 日

打算把這三年的大學生活好好地作個總結，記錄下來。雖然未必能如願寫成小說之類的作品，總想給自己一點寫作的滿足感，一個交代，只擔心未有能耐持久去做，這是需要心思時間的啊！

85 年 7 月 17 日 （教師生涯的第二個暑假）

天氣是如此的炎熱，生活又是如此的乏味，這個暑假實在並不好受，一連串的計劃還未能充分實踐呢！好想再執筆寫作，但總覺得欠缺靈感，甚至連題材也想不到半個，是因為生活太平淡舒適？抑或是情感已經安穩再也牽不起內心半絲漣漪？我的中文水平也不至於如此不濟吧！

【圓夢】

「我要寫作」，已記不起是始於何時的夢想糾結。大學沒有選入中文系，是當年屈從於現實與理想的取捨；畢業後曾經差點就踏足文字出版界，但還是差了那一點點的緣；到事業拼搏期，離寫作的契機更是漸行漸遠，夢想漸漸潛藏至被湮沒遺忘，卻在潛意識裏成了我半生追逐而不得的情意結。

越想寫，越不敢寫。「寫作不一定要有大時代背景，每個人的小故事，點滴匯聚便會展現出一個大時代，莫以為個人渺小而妄自菲薄，每個人都有可講的故事。」講座上一個不經意的觀點，竟然適時給我注入無比的勇氣，謝謝你故事捕手陳伊敏。

最近亦偶拾到作家梁望峰的兩句話：「創作重點不在於發表，而是透過寫作認識自己。」重溫青蔥歲月時雀躍於筆耕的探索，在獲得認同時是如何的鼓舞，可恨當時天天造夢著意栽花花卻不發，然而無心插柳孜孜不怠的五年日記，卻把黃金年華的情懷如實記錄下來，文筆雖然樸拙欠缺修飾，就是那難得的直接與真情，卻成為了我今天展開寫作的基礎。不過，設若人生沒有後來這四十年的浸潤，又何來這踏實雋睿的迴響？

衝著突如其來的意念，興致勃勃地開動腦筋，日思夜想，憶苦思甜，埋頭定睛於屏幕前砌字造文，一篇一篇的寫就，成稿在望，下一步，就是計劃出書的時候了，忽然，開始膽怯……

若之後終能成書發表，可說是大器晚成，讓我在遲暮之年修成正果！

16.1 香港大學文社「大學人」徵文比賽散文組季軍

《三個結》82 年 8 月 1 日 寫於太古堂

一粒、兩粒⋯⋯刀子輕挑著花生醬瓶內的花生碎粒，一粒、兩粒⋯⋯輕輕送到嘴裏，糊糊的、乾乾的、靜靜的⋯⋯怎地是一個靜靜的感覺？思緒似乎在凝結，房門肆意地開敞著，走廊在暮色裏昏沉，還未到上燈的時候，沒有半個腳步，沒有半聲人語。赫然發覺宿舍竟還有這般沉寂的時候，是的，今天是星期天，星期天的黃昏，驟然一陣空洞洞的感覺。

好久好久以前，又是這份空洞，拼命去填也填不圓滿的空洞，卻又滿心擠不去、揮不掉的傷痛——

「你知道嗎？你快出到大海，卻只坐在一塊浮木上。我要你歸航，要你安全，不要淹斃⋯⋯」那眼神的憂悒，掩不去眼眸裏精靈的光彩；蠱惑的薄唇，宣判了如尖刀般銳利的聆詞。不知何時，一顆心已割了裂口，卻沒有淚。

沉寂，沒有要劃破的跡象；夜幕，又壓低了幾公分；刀子，

還留在花生醬瓶裏，一粒兩粒的挑揀；夜風，從窗框捲入，卻拂不去日間霸留不散的暑氣。

「原諒我，但願有一天你會明白。」你的眼眸似閃著淚光，我沒有，只是慣常的凝結，心裏，滴著血。

風好凄、雨好冷；天好藍、藍得有點灰；樹好蒼、蒼得也帶點灰；眼好空，心也空，就是這般空洞洞。

**** ****

對岸華燈初上，這邊廂仍沒半點聲響，好久不曾再感受到宿舍是如此的了無生氣，一份似曾相識的死寂。扭開收音機，企圖用音浪去劃破這不尋常的沉默，唱著一首不知名的粵語流行曲。

「貝列斯，不要傻，為什麼不考慮一下？」急促、熱切、誠摯的一張臉，逼近面門來。
「不，我不想，不要，我有我的……」殘忍！我知你心裏要滴血，我卻報以莞爾。
「貝列斯，別孩子氣，為什麼？為何不給我一個機會？就是一點點的機會！」
「不，絕不。」不要怪我的決絕，不要問為什麼，不需要

明白，有幾許事情真能讓人完全明白？

竭力要去集中歌者的歌詞。
……什麼……可找到……烏托邦……

隨口又是一顆花生碎，壁報板上釘著一幀揀下來的西湖明信片，湖水金光璀璨，堤柳微拂，初暑的黃昏，還帶著點涼意。靜靜地靜靜地踱過一度記不起名字的橋坡，跨過花圃，悠閑、殷實，此情此景，該會更易撩起不可收拾的思緒，腦袋卻空蕩蕩的，茫茫然無所知。夜燈初上，昏昏朧朧，暗黑的湖面泛起了紅光，暮濕的草地，傳來夏蟲的唧唧噥噥。生命的庸碌或悠閑，如何去分界？年輕的生命啊，為何會如許的暮沉？彎腰拾起一塊石卵，奮力向湖面擲去，企圖去創造自己的漣漪，不過，只聽到輕點一聲，石卵就在黑夜中被吞噬了；黑黝黝的湖面，似乎並沒有受到打擾，依然平靜如鏡，卻又照不見面目。

浪漫與感性……或者，該有個了斷吧！金光璀璨的生命，平實閑雅的湖邊，就讓一片一片的石塊擲開去，讓一條一條的小草在我的手心撕裂——雖然看不見，但亦已感覺得到，漣漪終於漾開了，草葉的露水濕潤了我微涼的手，心腸也跟著狠起來，決——定——了。

突然間，我好想笑，想用我底笑聲震撼西子湖；不過，我還是靜靜地乖乖地躺了下來。

「夕陽蘇堤橋畔過，聊惹相思意；難纏，惟付西湖水中詩」，明信片旁釘著自己手題的幾句字。

窗戶大大的張著口，卻已沒有半絲風息，這個氣候悶得像要爆炸。暑假，我最後的一個暑假，學得了些突破，也得了幾許的成長，可惜，卻仍然躲不開同一個陷阱。

嘭！有人回來了。
「嗨，貝列斯，這麼勤力呀！沒有回家嗎？好悶熱啊！」
「貝列斯，你好嗎？我回來了！」
「貝，你一息間過來找我行嗎？」
瞬間，整個走廊，整個思維軒都鬧哄哄的，嘰呢呱啦的吵鬧起來。當中，有多少的問候，有多少的關懷！蓋上瓶蓋，走去冰箱倒了杯冰水，再走回房門口，才驚覺房間一直埋在黑夜裏，只有慘青的電光僵在書枱的上空，原來我一直埋在冷漠的黑霧裏，慶幸終於走了開來。一手亮燈，一口冰水⋯⋯
「貝列斯——
「嗯，我來了。」

16.2 香港電台徵文比賽 公開組優異獎

《十載耕耘》 寫於 85 年 12 月 6 日

棒孩子要回家啊！

拍拍、拍拍的清脆打球聲，夾著陣陣的呼喝，在偌大的球場上迴響——四周是寂靜的，熱鬧就只在球場的中心，偶爾樓上傳來一陣哄笑，那一課的老師定是個大笑彈了。還未下課吧？只有這麼一班在上體育課。當年，體育課總有點冷清，那時是借來的校舍，不敢喧囂張揚啊！⋯⋯

蛋糕上插著一支高洋燭，軟軟的奶油端端正正的描著「慶賀學校一周年」，這是中一級數十顆天真的心靈喚出來的，還隆重其事邀請校長來主持這學期終的茶會，記得他感觸地說：「現在是一周年紀念，但願有一天蛋糕上寫著十周年紀念！」 我以為他要取笑我們的幼稚了，心也在想，十年後我們都不知去向了，現在才這麼個一年，分吃蛋糕才是最現實的吧。

今天，那四十多顆孩子心的確勞燕分飛、各散東西了，有人負笈遠放外洋，有人結婚生子，亦有在社會中尋找著自

己的路向——大家可還記得那個奶油蛋糕嗎？

在借來的校舍裏委委屈屈的過了兩年，卻勝在夠委屈，最初就只那麼五班六位全能的老師，加上一位能幹的校長，還有一個嬌滴滴的校務秘書，便組成了學校的全部。委曲的地方並沒有阻礙孩子的發展，反能得到老師更全面的照顧。

那個時候，最令人難耐的，要算是校外的瘋言瘋語了，孩子穿的是藍布長衫，梳著短短的直髮，總被外人譏諷樣子像個小師姑，不知傷害了多少個弱小的心靈；新校嘛，那來的名聲？忍住氣、吞著聲，默默地掙扎著、奮鬥著，老師、學生，著實有點徬徨，孩子會長大嗎？學校能站穩嗎？不過，肯定，表現在行動中；信心，寫在臉上，發自內心。

第三年，新校舍終於落成了。摸著那新粉撲撲的白牆，全體員生都禁不住那份興奮——我們終於擁有自己的校園了。學校的陣容，也隨著龐大起來，好一陣子，大家總樂於跑上跑下，四樓至地下，地下至四樓，總不嫌腿會跑酸，我也愛在小息時拿著書本，敲響教員室的門，問這問那，樂此不疲。

教員室的桌椅，似乎擠得密密麻麻的，行列整齊，以往的寬敞只在記憶中了。還未下課，只有三兩空了課的老師正埋在重重叠叠的本子及筆記裏，不曾察覺到有雙「陌生」

的眼睛在門外窺探。尋不到半個熟悉的影子。

退回長廊－－曾多少次跟老師憑藉在這處聊天。校園並不怎樣空闊，更遑論宏偉，但聲勢卻是浩大的。十年了，成長了，班房裏的孩子，換了一批又一批，無盡的知識在小腦瓜袋裏變成了智慧，帶出了課室，又帶出了校門。外界一陣陣的起哄，啊，多麼棒的孩子！

棒孩子要回家啊！
梁校長仍掛著那一副和顏悅色，面額好像比前光亮了，直覺上他老了，只這麼三年，三年不見？或許，心目中的校長是當年每星期都來上課的年青校長吧。那麼，他十載的青春都灌進了這所校園，留在臉上的，極其量是點殘餘吧。但校園的青春，是永遠的，校長的青春，也就長存了。

「校長，我又畢業了，讓我回來嗎？」

球場裏的孩子們，臉上掛著十年前同樣的稚嫩；而我此刻，眸子裏閃著十年前老師曾擁有的朝氣。我回來，是尋找、是承接？沒關係啊！

在第二個十載的起步，我回來了！

登高望遠，歲月靜好
　　——就是我退休後的幸福

掩卷

一鼓作氣地開啟了，然後又完成了，這當下，心情有點複雜，是了結心願的舒懷，還是面對將要放下的不捨？

這是我半輩子點滴的大局觀，也是人生在階段性轉軌時一個小小的總結，能有這個機緣讓我反芻細嚼過去的生活，是我生命中的恩賜。但在回溯的過程中，赫然醒悟原來自己年青時的生活面是如此的狹隘，如此的自我中心，對身外時局、家國事、世界事似乎無甚關注，雖隱隱然躍動著正義之心腸，卻沒見顯露了多少社關情懷，我算是盡力地活好了自己，然而沒有積聚到多少陰德吧！作為人才性格測評師，我當然知道這是個性使然，加上在客觀的生活環境中當刻的自然取捨，人生走到這個階段，無必要再苛求，也就放過自己好了。

其實，退休後，我不再需要為生活奔波綢繆，不用再計較夠用不夠用的問題，就能全心全意地去尋找想做想玩有意義有意思的事情，順著自己的性情揮灑，當即亦投入了一些義工服務，發揮餘熱回饋社會，生活愜意之餘自我價值亦繼續得以彰顯。

黃昏,隨著太陽的餘暉,原來也可以氣象萬千:有時候天邊會出現紅彤彤、團團球球似的火燒雲洶湧地捲來,那熱情動感讓人窒息驚艷;有時候又會是漫天溫柔的細軟輕絲,雲淡風輕地讓人溫煦安靜;最近更有幸得見北極圈中的午夜太陽,不再刺眼的「鹹蛋黃」垂垂浮在海冰面上,沉靜地凝視大地,但轉瞬間又霍地原地上升,即時就此開展另一新天。

不禁升起另一個意念,再四十年後的我,即過百歲,將會活成什麼模樣?雖然以醫學推算這已經不是幻想,但對我來說,仍然有點匪夷所思,不敢想像。倒不如憧憬一下二十年後已屆八十高齡的我又會如何,我想遇見怎樣一個耄耋的自己?到時若仍心智健全,會否有續寫回應此刻的我的能耐?罷了,實在太耐人尋味!

這一年,從開始意念形成、到埋首寫作、到成書在望,默默耕耘,內在的情緒是高漲的亢奮的,表面卻不動聲色,老公似乎並不太關注我在寫什麼,那就更不敢向他張揚,我走進了孤獨創作的小徑。到當真要籌劃出版了,那忐忑、膽怯、計算……尚幸得到金齡薈義工好友懷仕願作我的盲公竹,讓我鼓足勇氣前行。在最後一里程,開始向一些好友透露風聲,以讓自己將要展開的行動有個鋪墊,也迫使自己在最後的衝刺階段別無退路,做不得逃兵,卻意想不到我因此得到更多的助力。

當我向信義會的<u>彭慧心</u>姑娘分享了自序篇後，竟得到她掏心掏肺的迴響，找到知音人，讓我霎時感動，她更義無反顧，一口答應我的邀請，百忙中為我寫序文，感謝！

相識四十載的<u>陳潔雲</u>女士，鬼馬卻溫柔，我覬覦她的浪漫畫作久矣，今回終得到她拔刀相助，特為此書創作封面插畫，以誌濃情，感激！

教育界的有心人兼老同學<u>徐聯安</u>、<u>李志成</u>，更當仁不讓為這書寫序寫評，向年青學子推薦，還為我邀得母校的現任校長作書評加持，銘感！

還有好些老友，在不知就裏不問情由的情況下，只聽我胡扯一下就無限量的振臂鼓勵舉腳支持，窩心！

最後一步，就是出版社編輯團隊的專業指引與籌劃，讓此書終可面世。感恩！

初稿 於 2023 年 1 月在澳洲鄉居落墨，並在 2023 年 12 月捲身於香港窩居的床上擱筆。

作者與讀者的共鳴

1. 閱畢全書,作者年輕時的思想取態與作為,對她人生往後的路徑發展有什麼影響?我又想遇見一位怎樣的「將來的自己」?

2. 人為什麼而生,為什麼而死?〈詰問人生……人生大問小答〉 ✐ P.24 、〈人生考卷〉 ✐ P.84 ,正值年青,我如何看待自己的人生目標及意義?對死亡,又有何看法?

3. 我覺得自己現在處於人生哪個階段呢?對〈活在當下〉 ✐ P.100 有何看法?

4. 家人在我心中是什麼位置?與父親和母親的關係如何?書中有三篇談及父親的文章,分別在〈放下·放手〉 ✐ P.56 、〈抱抱〉 ✐ P.90 、〈書法補遺〉 ✐ P.120 ,讀後有什麼感想?

5. 〈明明德〉 ✐ P.32 篇中作者披露了自己的陰暗面,我自己的陰暗的一面又是什麼?

6. 〈人際關係……人際關係 2.0〉 ✐ P.38 篇,講到作者年輕時對人際關係的困窘。我有這方面的煩惱嗎?

7. 〈友情〉 ✐ P.60 篇中描述了作者年輕時的友情,我的友情又代表什麼?

書評

書評（一）

能夠拿出封塵的日記，相隔四十載，隔空對話和反思，具有觸動心靈的震盪力，更令我感動的是，退休了還牽掛著寫一本對年青人祝福、推動正向價值觀的書籍，深深感受到作者方翠嫻的謙虛和熱誠，傳承培訓下一代的心願。

讀者能從字裏行間追憶作者那種詩意、激情、書卷氣的學生生活體會和追夢歷程、反思處世之道以至生命意義。這完全是 Priscilla（作者洋名）初老浪漫的詮釋，前後呼應，呈現出一種「前世今生」的空間感，隔著時空的迂迴，思想上卻給了我滿滿的心靈雞湯，洗滌凡塵，妳是雲淡風輕看人生，很多人還未能領會到生活的初心呢。

令我特別深刻的是，書中每章都充滿坦誠、勵志、智慧、正能量、親情、友情、愛情、感恩，那種不亢不卑、不說教式的表述，感動人心。〈明明德〉的「貪念」、「人格品牌」、「猜‧情‧尋」的迷惘、紅封包的背後、「抱抱」的深層意義以至夢想的堅持等等，都是充滿了人生睿智和磨練，不禁要問作者，妳還有另一片彩虹嗎？

我大力推薦這本跨越時空的勵志書籍。

徐聯安博士 BBS, JP
教育局優質教育基金督導委員會前主席
行政長官卓越教學獎督導委員會主席

書評（二）

拿起這本散文集，翻開細閱，進入了寧靜空間，聆聽著兩個處於不同年代的自己之間的心靈對話。透過對話，探索成長的經歷和心靈的轉變。年輕時的自己充滿了盼望和憧憬去追夢，但同時也面臨著許多困惑和挑戰；而現在的自己則帶著成熟、智慧和篤定的步伐去圓夢。我與作者方翠嫻，在書中經歷了心靈對話，踏上一段時光的旅程，一同回顧過去，思考現在，展望未來。

這本散文集不僅僅是作者的個人成長故事，它是為年輕人而寫的。作者心思細密，在成長過程中細膩地體會生活，經過沉澱、思考、鑽研、回饋，得出深刻感悟，所以作者深知年輕人對於成長的渴望和熱情，明白他們面對的挑戰和困難，作者希望穿越異時空的對話，啟發年輕人思考和探究自己的成長歷程，帶領年輕人思考價值觀、人生目標和生命意義。閱讀完畢，你將發現自己的成長並不孤單，每一個人都經歷著類似的心理和情感的起伏；你亦將滿有激情去克服困難，追求夢想，並成為你自己所渴望的人。

祝願大家能從這本散文集中獲得啟發，並成為你成長路上的良師益友。無論你的夢想是什麼，無論你在成長過程中遇到了什麼困難，請像作者方翠嫻一般相信自己的能力，相信未來的可能性，並繼續前進，成就自己獨特而精彩的人生！

李志成校長
資深教育工作者
現職教育顧問

書評（三）

閱讀《20/60 倆相看》，四十年間的點點滴滴，不單止是作者和不同年代的自己對話，也讓作為讀者的我，得機窺探上世紀香港的生活點滴。原來四十年社會生活模式的轉變，亦同步孕育了現在的我們。書中很多片段，甚至關乎成長、工作的經歷，都觸動了我一些隱藏的回憶，不期然產生了共鳴。

我和作者成長於不同的年代，卻有緣地在不同的時空、但相同的地方存在過、亦為相同對象——年青人服務過。作為教育工作者，我更有興趣了解不同年代的年輕人對讀書、事業以及做人處世的態度，細閱舊生 Priscilla 年輕的生活日記及心路歷程，發現她傳承了我們學校一貫看重的，以及現今世代所重視的堅忍剛毅精神，而這種價值觀正正是這一代年輕人所需要的。

成長總有憧憬、期盼、擔憂、困惑⋯⋯作者就憑着堅忍剛毅，反思求進。時代不同，路卻相同。我相信，隨著她的足跡，年輕人定能找到方向，昂首邁步，自信的踏出自己的路。相信這也是從事過教育界的作者，分享自己成長歷程的原因吧！

衷心推薦這本書給中學生們，讓年青人得到更多的正能量，期盼並創造自己幸福的將來！

黃美珠
中學校長及教育工作者

20/60 倆相看 —— 穿越 40 年的對話

出版人 ：陳易廷
作者 ：方翠嫻
執行編輯：52Hz
封面插圖：潔雲
中國書法：方翠嫻
公關推廣：鍾雅詠@雅寶（國際）工作室

出版及發行：百寶代指媒（推廣）文化事業有限公司
地址：九龍尖沙咀彌敦道 118-130 號
　　　　美麗華廣場二期 1 樓 171 室
電話：+852 2498 0178
傳真：+852 2893 2610
電郵：info@4448.com.hk

出版日期：2024 年 5 月
國際書號：978-988-78928-0-9
定價：港幣 $98 台幣 $400